Isulka la Mageresse

Tome 1 : La Pierre d'Isis

Dorian Lake

Isulka la Mageresse

Tome 1 : La Pierre d'Isis

© 2018 Dorian Lake
Fanfiction : autorisée, commercialisation interdite.

Illustration : Virginie Carquin
Relecture et corrections : Anne Ledieu
Maquette et Graphisme : Tiphs

Éditions : Noir d'Absinthe
Imprimé par BoD – Books on Demand, Norderstedt
ISBN : 9782490417001
Dépôt légal : Avril 2018

À Mélanie,

Chapitre I

Isulka n'avait jamais brillé par sa chance au jeu.
Cela ne l'empêchait cependant pas de miser des sommes bien au-delà de ses moyens, avec les conséquences que l'on pouvait imaginer. Ce soir ne différait hélas guère, si ce n'était que les individus qui hantaient ce tripot ne représentaient pas la fine fleur de Paris. Le bouge se trouvait dans un sous-sol sombre, envahi par une chape de fumée grise et noire. Le sol collait, les tables étaient crasseuses, et les cartes avaient manifestement souffert d'une vie de cruauté et d'abus. La reine de carreau, unique tête couronnée dans la main de la mageresse, avait perdu la moitié du crâne lors d'un ancien combat contre une cigarette.
Isulka, seule représentante de la gent féminine à cette table, était une créature dont la beauté s'avérait difficile à classer. Elle arborait trop de courbes pour se prétendre vestale, mais pas assez pour servir Ishtar. Sa poitrine n'évoquait plus la pureté de l'enfance, mais un Œdipe ne la trouverait pas assez maternelle. Un sourire défiant habitait ses lèvres rouges ni vraiment innocentes, ni résolument séductrices. Bleu-gris, ses yeux vifs perçaient et malmenaient ceux qu'elle observait, provoquant le malaise autant que le désir.

La jeune femme compta une énième fois les francs qu'il lui restait tout en grimaçant. Il était encore tôt et elle avait déjà perdu presque tous ses gains d'une semaine de spectacles. Dieu savait pourtant que ses démonstrations magiques pouvaient s'avérer dangereuses. Non pas qu'elle risquait de se blesser, son affinité avec le feu était bien trop grande pour cela, mais attirer l'attention de l'Église et des bien-pensants ne se révélait jamais une riche idée, même en 1888.

— Alors, ma rouquine, tu joues ou quoi ? lui demanda un gaillard à la barbe mal taillée et à l'haleine alcoolisée.

Elle contempla une dernière fois sa main, d'une triste pauvreté. Les autres joueurs affichaient un masque impénétrable, si bien qu'elle ignorait s'ils se sentaient confiants ou au bord du désespoir. Elle passa une main moite sur son pantalon en cuir dans le vain espoir de l'assécher, les dents serrées. Fallait-il jouer et risquer de tout perdre une nouvelle fois ? Ou arrêter les frais et rentrer, fière de mettre un terme à sa folie dépensière ?

La jeune femme était sur le point de succomber au démon du jeu quand elle entendit une voix criarde, mais malheureusement reconnaissable, écorcher la douce sonorité de son prénom :

— Mademoiselle Isulka.

Elle soupira et reposa les cartes, avant de ramasser les quelques francs qui lui restaient. Puis, elle se leva et se retourna, faisant face à son interlocuteur. Celui-ci s'était judicieusement placé devant les escaliers qui menaient à la sortie de l'estaminet.

Le petit homme possédait un visage de squale, au nez affreusement prépondérant sur lequel reposait une paire de lunettes que la mode parisienne aurait réprouvé. Il n'était pas seul, ce qui ne présageait rien de bon, d'autant que son compagnon devait bien mesurer dans les deux mètres, en longueur comme en largeur. Isulka le surnomma mentalement Rex, espérant qu'il ne morde pas.

— Mon cher Monsieur Occipis ! Quel plaisir de vous croiser ce soir, mentit-elle. J'allais justement passer vous voir.

Les autres joueurs firent tout leur possible pour ignorer la conversation, bien au fait de la réputation de l'usurier. Jamais ils n'interviendraient pour aider une jeune femme en danger, si les choses venaient à mal tourner.

— Ah oui ? Le hasard fait bien les choses, alors, car j'ai fait le chemin pour vous, Mademoiselle Isulka. Mais trêve de plaisanteries. Je suis un homme patient, vous ne m'enlèverez pas ça. Cela dit, il y a patience et patience, et je commence à croire que vous abusez de mes bonnes dispositions.

— Voyons, Monsieur Occipis, vous savez bien que je n'abuserais jamais de vous.

— Alors, où est mon argent ? Vous avez un mois de retard et je commence à m'inquiéter.

Le silence qui suivit en dit long sur les capacités d'Isulka à rembourser son créancier. Elle savait que le jour des comptes viendrait, ce n'était pas la première fois qu'elle se retrouvait dans cette situation d'ailleurs, mais l'argent avait cette capacité presque mystique de lui filer entre les doigts. Que pouvait-elle faire contre une conspiration cosmique ?

— C'est bien ce que je pensais, reprit-il en redressant ses lunettes. Je ne voulais pas en arriver là, croyez-le bien, mais je suis désormais convaincu qu'il vous faut une certaine, dirons-nous, motivation. Je déteste parvenir à cette conclusion, en particulier à propos d'une aussi belle femme. Mais que voulez-vous, les affaires sont les affaires. J'ai une réputation à tenir. J'espère que vous saurez comprendre que rien de tout cela n'est personnel.

— Nous ne sommes pas obligés d'en arriver là. Je comprends votre point de vue, vraiment. Que diriez-vous si je vous payais demain ? Il fait déjà bien nuit, demain n'a jamais été aussi proche que maintenant, n'est-ce pas ?

Isulka s'était reculée, sentant que la menace devenait physique et plus que jamais consciente de sa fragilité toute féminine. Ses yeux se posèrent sur Rex. Elle déglutit et tenta une nouvelle fois de négocier :

— Nous avions un intérêt de cinq pour cent, c'est cela ?

— Dix pour cent, Mademoiselle, répondit-il d'une voix lasse, dix pour cent.

— Dix, oui, tout à fait. Disons quinze pour cent. Je vous rends la moitié au matin et le reste après-demain ? Une honnête proposition, vous en conviendrez.

— Mademoiselle… soupira le créancier tout en hochant de la tête. Soit, demain la moitié, le solde, le jour suivant, à un taux de quinze pour cent.

Isulka sourit intérieurement, satisfaite de sa négociation, jusqu'à ce que l'homme reprenne, toujours sur le même ton :

— Mais avant cela, je vais laisser Georges, mon ami ici présent, s'occuper de vous. Pour cette question de réputation que nous évoquions il y a peu. Mademoiselle, je vous dis à demain. Georges, essayez de ne pas la tuer, s'il vous plaît.

Isulka était une femme aux nombreux défauts : joueuse invétérée, langue pendue, inconstante, manipulatrice, couarde et la liste s'allongeait. Elle se voyait malgré tout dotée de grandes ressources lorsqu'il s'agissait d'échapper aux conséquences de ses actes, comme le découvrit Georges lorsqu'une chope de bière le heurta à l'œil. Ce ne fut bien entendu pas suffisant pour arrêter un grand costaud comme lui, mais cela présageait de la suite des événements. Le châtiment à venir ne se montrerait pas aussi aisé à infliger que prévu.

Monsieur Occipis était parti, et Georges tentait d'attraper sa proie qui avait pris position derrière la table de jeu. Elle lui lançait ce qui lui passait sous la main, tandis que fusaient les jurons de la clientèle, délestée de sa boisson. Le casseur de bras ne se laissa pas décontenancer : il saisit la table de jeu et la retourna avec une facilité déconcertante, forçant aussi bien les clients que la jeune femme à reculer. Plus vif qu'il ne le semblait, il se jeta vers elle et l'attrapa à la gorge, avant de la plaquer avec force contre l'un des murs.

Elle émit un cri presque animal sous la douleur et griffa son agresseur au visage. Cela ne suffit pas : il lui saisit le poignet droit de sa main libre, manquant de le casser net. La vue de la mageresse se brouilla et sa respiration devint difficile. Paniquée, elle agrippa de sa main gauche le lobe de l'oreille de Georges et tira de toutes ses forces, avant de remonter son genou vers les bijoux de famille de l'ours humain. Il la lâcha : le coup avait fait mouche et le pauvre homme se tenait l'entrejambe d'une main et une oreille sanguinolente de l'autre.

Isulka sentit entre ses doigts un petit morceau de chair humide qu'elle fit tomber avec dégoût. Sans perdre davantage de temps, elle déguerpit, le souffle encore court, un Georges à présent véritablement en colère à ses trousses.

Éreintée par une course de plusieurs minutes dans les rues sales du quartier populaire et passablement dangereux des Halles, Isulka parvint à se rendre, libre et dans un état raisonnable au vu des circonstances, chez Agelin, chef des chapardeurs de la rue du Chat Pêcheur. L'accès, plutôt délicat, s'effectuait par les toits humides en cet hiver pluvieux. Elle était toutefois venue suffisamment souvent pour connaître les parties les plus périlleuses.

Agelin était là, dandy aux cheveux blonds qui prenait du ventre à mesure qu'il s'approchait des trente ans. La plupart de ses protégés devaient encore arpenter les rues pour délester les foules d'ivrognes et de bourgeois. Isulka avait tenté sa chance à la rapine, quelques années plus tôt, mais ce n'était pas dans ce domaine qu'elle excellait. Agelin lui avait conseillé une escroquerie plus subtile, où, au lieu de glisser sa main dans la poche du bonhomme, elle le distrayait par des tours et de la magie. C'était ainsi lui qui l'avait poussée à utiliser ses talents pyromanciens dans des spectacles de rue, dont le public se voyait soulagé de quelques pièces par des complices discrets. Cela présentait bien quelques risques, mais sa réputation ne s'était jamais envolée au point d'atteindre les oreilles de la police ou, pire encore, du Vatican.

— Isulka ! Vous vivante ? Quelle heureuse surprise !

— Vivante, oui, mais de peu.

— Je vois ça, en effet. Tu as pris froid ? Ta gorge est violette.

— Je me suis battue.

— Toi ? Te battre ? Qui a eu l'honneur, Madame ?

— Un gaillard qui t'aurait brisé en deux, mon petit Agelin, je te le dis. Je n'y ai échappé que par mon héroïsme légendaire. Il était si grand qu'il ne passerait pas par ta porte et il avait la force de trois hommes. Mais rien de tout cela ne saurait effrayer Isulka, la broyeuse de joyaux.

— Je vois… répondit Agelin sans grande conviction tandis que son invitée surprise s'installait dans un fauteuil avec un râle de douleur. Et que puis-je pour toi, ma belle ? Tu ne viens pas pour mes beaux yeux, j'imagine.

— Pourquoi ? Je ne peux pas juste venir te voir sans arrière-pensée ? dit-elle d'un air faussement outré. Je ne suis pas ce genre de femme Agelin, tu le sais très bien. Tu as quelque chose à boire ?

— Immédiatement, princesse.

Le voleur se leva et servit deux verres de vin. Il fit lentement tourner le sien entre ses doigts, s'agissant d'une cuvée de qualité raisonnable. Isulka avait déjà vidé son verre.

— Il me faut un boulot, Agelin. Je dois près de trois cents francs, plus les intérêts, dont la moitié pour demain.

— Rien que ça ? souffla le jeune homme. Tu as encore tout perdu ?

— Pour gagner de l'argent, il faut en dépenser. C'est ce qu'on dit, non ?

— Sauf que tu en dépenses, mais que tu n'en gagnes pas.

— C'est à peu près ça, accorda-t-elle. Donc, un boulot, tu as ça ?

— Peut-être oui. Il y a un Anglais en ville, j'ai oublié son nom, mais je peux te le retrouver. Il cherche des petites mains pour quelque chose de louche. Comme il est rosbif, il trouve pas grand-monde dans le coin. Du coup, il devrait payer un peu plus.

— Un buveur de thé pour quelque chose de louche... Tu n'as rien d'autre ?

— Pour trouver cent cinquante francs d'ici demain, non, tu m'excuseras...

— Très bien, très bien. Il est où ton Anglais ?

Chapitre II

Scipione, nu sous les draps de soie rouge, avait les yeux rivés sur sa conquête du soir, une jolie Française au charmant prénom, même si celui-ci lui échappait pour le moment. Il but une gorgée de vin français, son préféré au grand dam de ses concitoyens plutôt amateurs de Chianti que de Bordeaux. Les sons de Paris entraient par la fenêtre entrouverte : les passants qui pressaient le pas sous les ondées parfois violentes de ce début d'hiver, les voitures tirées par des chevaux de trait et, plus simplement, les foules arpentant les proches Champs-Élysées.

Maintenant que la passion avait quitté ses veines, l'Italien se demandait si cela avait été une bonne idée de séduire sa maîtresse éphémère. Elle possédait des charmes sans aucun doute, ses belles boucles brunes encadrant un minois angélique serti d'yeux verts tandis que ses courbes avaient de quoi faire chavirer les cœurs de glace. Mais elle était surtout la femme de quelqu'un, et si Scipione ne se souvenait plus du nom de la charmante créature, celui du Dragon à qui elle était mariée ne lui était pas inconnu. Non pas dragon dans le sens de bête mythologique, mais bel et bien l'ordre de cavalerie français abritant la fine fleur de l'armée française et, plus précisément, Monsieur Raoul Mallaré, Colonel du 22ᵉ régiment et grand officier de Saint-Cyr, cette prestigieuse école militaire dont se vantaient tant ces messieurs français.

L'incartade d'un soir risquait fort de revêtir un caractère bien moins plaisant si le colonel se décidait à rentrer inopportunément, ce qui, selon madame, ne présentait pas de risque. Restait que le portrait austère de Monsieur Mallaré, accroché près de la cheminée, ne laissait rien augurer de bon sur le caractère de l'homme.

— Parlez-moi encore de vos voyages, Scipione, lui demanda-t-elle, en apprêtant son patronyme d'une charmante sonorité toute française.

— Avez-vous déjà vu la Russie, chère Madame ?

— Non point ! On dit qu'il y fait grand froid, que les âmes qui peuplent ce pays sont rugueuses et vindicatives, mais aussi que la cour du Tsar est d'une grandeur que l'on n'imagine plus depuis la mort de Napoléon.

— Et on ne vous ment point, ma chère, on ne vous ment point. J'y allai donc avec mes compagnons d'armes de l'époque, qui, je vous l'accorde, étaient davantage des félons que des gentilshommes. Mais qui peut résister à l'attrait de l'aventure ? Nous avions emprunté une modeste chaloupe de pêche. Aucun de nous ne comprenait un traître mot de ce que ces charmants pêcheurs pouvaient dire et nous devions compter sur leur maîtrise somme toute très relative du français. Si la noblesse russe s'exprime dans votre langue peut-être mieux que moi encore, croyez bien que ce n'est pas le cas des bonnes gens. Figurez-vous qu'ils nous emmenèrent non pas à Saint-Pétersbourg, mais dans un petit port dont je serais bien incapable de retrouver le nom.

Scipione se resservit un peu de vin, avant de se rapprocher de la jeune femme dont les yeux brillaient. La Russie ne comptait guère parmi ses meilleurs souvenirs, mais cette contrée se prêtait bien aux contes et aux exploits, d'autant qu'il était malaisé d'aller vérifier la véracité de ses propos. Il doutait fortement que le colonel prît le temps de partager ses expériences avec sa femme et, aujourd'hui, elle rêvait d'épopées, sans jamais quitter Paris. Il ne voulait pas la décevoir.

— Je ne peux dire que nous fûmes bien accueillis. Sans le sou pour repartir, nous étions presque les seuls étrangers présents, et la ville était en proie à des crimes horribles, que le peuple mettait sur le compte de vampires et autres créatures démoniaques.

— Des vampires ? Je ne saurais y croire, Monsieur.

— Et je vous avoue, Madame, que je n'y croyais guère moi-même, mais mes compagnons se montraient bien plus influençables que votre obligé, tout comme la population de cette petite ville et, si la cause des meurtres restait mystérieuse, ceux-ci étaient bien réels et auraient fait passer ce très cher Jack pour un amateur. Les Russes savent se montrer imaginatifs voyez…

La porte de la chambre s'ouvrit à ce moment précis et une voix masculine se fit entendre :

— Églantine, je suis de retour.

Églantine – c'était bien là son nom – fut frappée d'une pâleur extrême. Elle jeta les draps sur le corps de son amant qui resta immobile.

— Oh… Raoul, vous êtes déjà de retour ? hésita-t-elle. Je pensais que vous étiez de service, ce soir.

— Par chance non, ma douce. L'ambassadeur a une journée de retard au moins à cause des intempéries.

Le silence s'installa d'un coup et Scipione se surprit à retenir sa respiration. Ni Raoul, ni Églantine ne parlaient, ce qui ne le rassurait guère. Les pas de l'homme se dirigèrent vers un côté de la chambre. L'Italien ne se souvenait pas où il avait déposé ses affaires, s'étant prestement déshabillé quand était venu le moment de faire connaissance plus intimement avec la jeune diablesse.

Il entendit de nouveau les pas se rapprocher prestement de sa position. Le drap se souleva d'un coup et une scène bien cocasse se dessina dans la petite chambre parisienne : un homme en uniforme de Dragon, le sabre à la main et le revolver à la ceinture se tenait devant le lit, les draps sur le sol. En face de lui : un éphèbe italien aux cheveux longs ébouriffés et au bouc bien taillé, nu comme un ver. Églantine avait eu la bonne idée de quelque peu s'éloigner, toujours aussi pâle.

Les deux hommes restèrent un instant pantois, sans échanger mot. Les yeux de Scipione passèrent du sabre de Raoul à sa propre rapière, négligemment posée contre la cheminée, à deux mètres et demi de distance. Cela n'avait guère paru loin quand il l'avait déposée là, mais, à présent, il le regrettait amèrement.

— Typique, ne put s'empêcher de commenter Scipione.

Raoul leva le bras pour frapper. Heureusement pour sa cible que c'était là un coup porté par la colère, car Scipione ne doutait pas que, si le colonel avait alors possédé son sang-froid habituel, il ne l'aurait pas manqué. L'Italien eut en effet le réflexe, affûté par des années de duel et d'aventures, en général moins humiliantes, de se jeter en arrière et de tomber du lit. Il se releva, les mains en évidence, avant de préférer se cacher le sexe.

— Je suis désolé, Monsieur. Je ne pensais pas que cette jeune femme était mariée. Vous vous doutez bien que si…

Il n'eut pas le temps de finir sa phrase qu'il dut à nouveau se jeter sur le côté pour éviter un coup de sabre qui manqua de trancher net le baldaquin. La lame était résolument affûtée. Raoul, à présent sur le matelas, ne semblait guère plus hésiter quant à ses intentions meurtrières, ne laissant que peu de marge d'action à Scipione dont la sobriété tentait difficilement de refaire surface face au danger.

Il profita de l'espace laissé par Raoul pour se rapprocher de sa rapière et la dégainer. Il n'eut cependant pas le temps de sortir sa main-gauche[1] de son fourreau et dut se contenter d'interposer la lame pour bloquer l'attaque suivante.

Il se dégagea et tenta un estoc, forçant le militaire à reculer, visiblement surpris de devoir se battre sérieusement. Cela eut comme avantage de laisser le loisir à Scipione de saisir sa dague et de se mettre en garde, la longue arme dans sa main gauche et la petite dans sa main droite, style qu'il avait développé il y'a bien longtemps, à l'époque où il était encore spadassin. Le désavantage fut de rendre ses moyens intellectuels au colonel Mallaré qui échangea une rage brûlante contre un froid calculateur et assassin.

---

[1] *dague utilisée en complément d'une rapière dans certaines écoles d'escrime.*

Les deux hommes se jaugèrent, l'un en uniforme et l'autre sans le moindre vêtement, l'un sobre et l'autre toujours un peu ivre. Scipione se promit mentalement que, s'il survivait ce soir, il ne toucherait plus au corps d'une femme que si elle était libre, promesse creuse, mais qu'il se fit néanmoins avec un semblant de solennité. Quant à lui, Raoul se promit très certainement d'étriper le jeune homme.

L'issue du duel ne devait pas se décider ce soir cependant. Alertés par le brouhaha, deux jeunes soldats firent irruption dans la chambre pour s'enquérir de la santé de leur officier, l'arme au clair. Ni une, ni deux, Scipione, qui se trouvait par chance du bon côté de la porte, logea son pied entre les côtes du premier, qu'il poussa sur le second. Raoul frappa, mais la main-gauche dévia l'attaque. Dans le même mouvement, Scipione donna un majestueux coup de pommeau dans le nez du Dragon, le brisant certainement.

L'instant de chaos prit fin et le Casanova prit la poudre d'escampette, talonné par les trois soldats qui, déjà, donnaient l'alerte. Il dévala les escaliers et heurta la porte qui donnait sur la rue. Il l'ouvrit à la volée et se jeta dehors, évitant de justesse une balle de revolver qui lui aurait probablement ouvert le crâne. La rue restait passante, malgré l'horaire et la pluie, et de nombreux piétons se retournèrent sur son passage. Les hommes jurèrent et les femmes crièrent devant la tenue indécente de l'Italien qui n'avait qu'un sourire gêné à offrir en contrepartie.

Les trois hommes jaillirent à sa suite et lui donnèrent la chasse. Il courut comme il le pouvait : ses pieds s'écorchaient sur les pavés parisiens à chaque pas et, plusieurs fois, il manqua de glisser et de tomber à plat ventre. Le salut se profila sous la forme d'une voiture que son conducteur avait délaissée un instant pour se vider la vessie. Il monta, saisit les rênes et les fit claquer sur le dos des chevaux surpris. Sous les cris du cocher, du colonel et de ses hommes, l'attelage partit au galop. Il manqua de renverser bon nombre de passants, mais, *a priori*, personne ne mourut ce soir-là, en tout cas pas de la sorte.

Scipione avait perdu beaucoup de sa superbe et ressemblait à présent davantage à un chat mouillé qu'à une fine lame italienne. Rentrer à l'hôtel avait été compliqué : il avait dû abandonner la carriole en pleine rue et traverser plusieurs ruelles, toujours nu comme au premier jour, pour regagner sa chambre. Le maître d'hôtel lui avait jeté un regard noir, mais s'était abstenu de tout commentaire désobligeant à son encontre, ce qu'il aurait pourtant bien mérité.

À présent, le sieur de ces dames se tenait près du feu, emmitouflé dans une couverture, reniflant comme un enfant que l'on aurait éduqué à l'étage d'une maison close. Il n'avait pu laver que ses jambes avant que l'eau du bain ne prenne une teinte et surtout une odeur d'égouts, et il en était ressorti prestement. Ses pieds étaient parcourus d'entailles et d'ampoules : il n'espérait à présent qu'échapper à la goutte, voire à la gangrène. Pour ne rien arranger, à chaque claquement de porte, il dégainait sa lame, s'attendant à ce que le colonel le retrouve et lui règle son compte.

La jeune Églantine avait beau être charmante, elle ne méritait pas toutes les mésaventures de la nuit.

Scipione chassa la pensée de son esprit. Certes, il s'était rendu à cette soirée pour profiter des plaisirs parisiens, mais il avait une tout autre motivation, et le temps venait de se concentrer. Il avait un rendez-vous, au petit matin, non loin d'ici. Mieux valait se sentir frais, à défaut d'être fringuant, lorsqu'il rencontrerait ce fameux James Ladd. Il n'avait aucune idée de ce que ce soi-disant marchand anglais allait lui proposer comme emploi, mais toute source réelle de revenu était la bienvenue, s'il voulait rentrer en Italie et exercer sa Vendetta.

Chapitre III

La nuit entrait dans ses heures les plus sombres et Paris avait finalement trouvé le repos. Isulka avait quitté le logement d'Agelin avec difficulté, son corps abîmé criant merci. Pour ne rien arranger, le froid mordait, et ni son écharpe ni son gros manteau ne gardaient l'hiver à l'écart bien longtemps.

Elle attendait à présent dans l'antichambre d'une petite suite du Marais, dans ce qui fut jadis un riche hôtel particulier, mais qui accusait désormais son âge de manière visible. Elle n'attendait pas seule : un gentilhomme aux cheveux longs et au bouc finement taillé, arborant ostensiblement une épée fine, était assis non loin et lui jetait par moment des œillades discrètes. Il l'aurait peut-être charmée s'il n'avait eu pour habitude de sortir son mouchoir et de vider ses narines à un rythme régulier.

Elle-même avait opté pour des vêtements un peu plus féminins que la veille, troquant le pantalon osé contre une robe de visite en taffetas de soie noir, boutonnée sur tout le devant. Cette couleur mettait en valeur ses boucles rousses, ainsi que les rares taches de son qui parsemaient ses joues. Il ne s'agissait pas de sa tenue la moins chère, mais elle connaissait le goût prononcé des Anglais pour les bonnes et dues formes et avait choisi de s'apprêter en conséquence.

Personne d'autre n'était venu, preuve que ce monsieur anglais n'avait guère de succès à recruter dans le pays de Molière. Elle n'en savait pas davantage, mais la présence d'un homme d'armes signifiait qu'il s'agirait probablement de quelque chose de dangereux.

La porte du petit salon s'ouvrit enfin, et un serviteur dans une tenue tirée à quatre épingles les invita à entrer de son fort accent britannique. L'enrhumé s'inclina et fit poliment signe à Isulka de passer devant. Elle serra les dents en se levant, les muscles toujours aussi endoloris, puis elle entra.

L'intérieur des appartements se révélait classique, bien décoré, mais impersonnel. Elle doutait que le mystérieux employeur séjournât ici depuis longtemps. Derrière un petit bureau, se tenait un gentleman habillé d'un costume de tweed gris. Il portait une moustache grise irréprochable, mais un peu trop conventionnelle au goût de la jeune femme. Il se leva et lui fit signe de s'asseoir, ainsi qu'à l'autre invité.

— Je vous en prie, dit-il dans un français parfait qui trahissait néanmoins sa langue maternelle. Je me nomme Sir James Ladd et j'officie en ces lieux en tant que marchand au service de Sa Majesté.

— Enchantée, Monsieur, répondit la jeune femme. Isulka.

— Tout le plaisir est pour moi, Madame. Et vous, Monsieur ?

— Scipione di Lucantoni, pour vous servir, répondit l'autre personne avec un accent latin, probablement italien, tout en prenant place dans le siège offert avant de se moucher pour la énième fois.

Sir Ladd n'en sembla pas plus ému que cela, ou, en tout cas, n'en montra rien.

Le serviteur proposa à boire, avant de quitter la pièce et de fermer la porte derrière lui. Pendant un instant, le seul son était celui, mécanique, d'une comtoise un peu poussiéreuse, qu'accompagnait le reniflement de Monsieur di Lucantoni. Isulka remit son écharpe en place, aussi bien pour se protéger du froid que masquer les marques de lutte de la veille. Finalement, l'Anglais rompit le silence :

— Je vous remercie d'avoir répondu à mon appel, malgré la discrétion de celui-ci.

L'appel en question n'avait en effet pas dû être retentissant, vu que seules deux personnes y avaient répondu. On n'aurait point pu dire qu'Isulka était coutumière de ce genre de chose, mais, les quelques fois où elle avait rencontré un employeur pour une affaire louche, il y avait eu davantage de postulants présents. Elle aurait aimé se dire que seuls les plus qualifiés étaient venus ce soir, mais elle n'était pas dupe : elle n'avait pas grand-chose d'un homme de main et l'Italien ici présent ne donnait assurément pas l'impression d'être le couteau le plus tranchant du tiroir.

— Je me permettrai d'aller droit au but et de ne pas prendre davantage de votre temps que nécessaire. Je conçois que ma proposition mérite réflexion avant que vous ne vous engagiez, mais j'apprécierai votre silence le cas échéant. Pour faire simple, l'un de mes confrères, un marchand français dont je vous donnerai le nom si vous décidez de travailler pour moi, escompte vendre demain soir une pierre précieuse qui ne lui appartient pas. D'après ce que j'ai pu entendre, il songerait hautement effectuer cette vente dans l'illégalité la plus complète, ce qui rend une opposition légale compliquée.

En effet, Isulka n'imaginait pas ce gentleman se rendre à la police de Paris pour faire arrêter un marchand bien français, plaintes fondées ou non. Il n'aurait eu que peu de poids et aurait même risqué de finir au cachot, si cela pouvait amuser un gendarme un peu mesquin. Cela dit, il n'était pas non plus aisé de s'en prendre au marché noir de Paris. Tout s'y achetait quand on y mettait le prix, mais les criminels organisant la chose ne voyaient pas d'un bon œil ceux qui se mêlaient de leurs affaires. Nombreuses étaient les histoires de malchanceux qui s'étaient trouvés au mauvais endroit au mauvais moment et qui avaient fini en nourriture à poisson ou, pire encore, dans une tourte à la viande.

— Aussi, continua Ladd, je compte sur des individus… comme vous, pour rendre une justice rapide et secrète. Je ne saurais dire combien d'hommes ce marchand a engagés pour la sécurité du bijou, mais les risques existent bel et bien. Tout comme la récompense qui, je peux vous l'assurer, se montrera à la hauteur du danger encouru et des résultats obtenus.

Après un silence de quelques instants, l'Italien s'exprima :

— Quand vous dites à la hauteur, qu'entendez-vous précisément ?

— J'entends par là deux cents francs pour chacun d'entre vous, si vous décidez de travailler ensemble. Je rajouterai même une petite prime pour votre discrétion.

— Deux cent francs... soupesa Scipione, avant de finir : je ne jurerais pas que ce soit le prix le plus adéquat. Vous parlez de vente illégale, et donc de criminels et de marauds. Il faudra probablement faire parler la lame, ce qui sera d'autant plus compliqué si je me trouve simplement accompagné d'une jeune fille. Sans offense, Mademoiselle. Vous semblez charmante, mais n'avez pas l'air taillée pour la besogne.

— Et je comprends votre hésitation, répondit-elle, mais je tiens à vous rassurer : je sais me préserver et j'ai l'habitude de notre belle cité. Vous n'aurez pas à prendre soin de moi et vous pourrez vous concentrer sur votre épée et votre mouchoir. Si vous êtes aussi habile avec l'un comme avec l'autre, nous ne risquons rien.

Scipione remit dans sa poche ledit mouchoir avec un sourire gêné. Sir James resta imperturbable.

— Mais, reprit-elle en s'adressant cette fois à l'Anglais, Monsieur di Lucantoni est dans le vrai sur un point : s'approcher du marché noir reste délicat. Trois cents francs seraient peut-être plus appropriés pour la tâche.

— Je vois. Nous pouvons nous le permettre, au vu de l'importance de cette gemme.

— Trois cents francs donc, salua-t-elle, dont la moitié tout de suite ?

Elle n'aurait jamais poussé sa chance aussi loin dans un autre contexte, mais le dandy semblait avoir tellement de mal à recruter qu'il pourrait bien accepter. Bien sûr, son visage serré et ses lèvres pincées trahissait son mécontentement de devoir à ce point négocier, mais il acquiesça néanmoins.

— Très bien, Mademoiselle, la moitié tout de suite. J'attends en échange un professionnalisme exemplaire.

— Évidemment.

Sir Ladd fit tinter une clochette. L'instant d'après, une porte s'ouvrit et un homme entra. Puissamment bâti, il avait beau ne pas être très grand, il possédait un physique impressionnant, en rupture totale avec celui de Ladd. Les cheveux longs et libres, il arborait un air détaché, presque joueur. Isulka ne s'amourachait pas facilement, mais elle ne put s'empêcher un instant d'imaginer ce mâle aux muscles saillants, nu.

— Aslin, pouvez-vous s'il vous plaît aller chercher trois cents francs. Vous en donnerez la moitié à chacun de mes invités.

Aslin hocha de la tête et alla chercher les billets dans la pièce d'où il était venu. Isulka regarda du coin de l'œil Scipione, qui s'était également raidi avec l'entrée du gaillard. Il n'y avait aucun doute sur la menace que venait de faire planer l'Anglais si les deux lascars décidaient de partir avec l'argent sans remplir leurs obligations. Si Georges avait été une brute décérébrée, celui-ci avait davantage l'aura d'un prédateur.

— Vous avez un nom pour nous, Sir Ladd ? demanda Scipione.

— Oui, tout à fait. Il s'agit de Monsieur Damien Quéré qui loge, si je ne me trompe, au 13, rue de Turenne. Le bijou en question est une chevalière en or, un L gravé à l'arrière. Un rubis sombre la sertit. Vous ne pouvez pas vous tromper.

Sur ces mots, Aslin revint et tendit sa part à Isulka. Les mains de la jeune femme frémirent au toucher de celles de cette bête humaine, et elle se maudit intérieurement. Scipione lui adressa un « Merci, mon brave » narquois auquel l'autre ne prit pas la peine de répondre.

— Madame Isulka, Monsieur di Lucantoni, nous nous reverrons donc après-demain matin pour discuter de votre succès. Bonne chance.

Isulka souffla sur ses mains gantées, mais néanmoins glacées. L'heure se faisait tardive et le froid hivernal ne s'était pas calmé. La jeune femme attendait devant le 13, rue de Turenne, comme prévu. Elle avait eu le temps de remettre une partie de l'argent à son créancier dans la matinée, ce qui, en soi, relevait du miracle. Elle n'avait plus qu'une demi-dette.

Quelqu'un s'approcha dans la nuit.

Elle se tendit instinctivement, peu à l'aise dans sa ruelle. Elle avait pensé prendre un Derringer dans son sac à main, arme plus discrète qu'une explosion de feu magique, mais elle restait une jeune femme à peine dissimulée dans une allée sombre.

La silhouette qui la rejoignit prit rapidement la forme de Scipione, sa rapière à la ceinture le rendant très reconnaissable bien qu'un peu suranné en cette époque empreinte de modernité. Il donnait l'impression d'un assassin d'antan et, bien que de carrure modeste, n'avait pas l'air inoffensif.

— Je pensais que vous ne viendriez jamais, lui lança Isulka en guise de salutation. Non pas que votre présence soit nécessaire, bien sûr, mais nous vous trouverons une utilité.

— Et pourtant me voici, contra-t-il avec un sourire feint. Je vous avoue être également surpris de vous voir : une gente dame de votre prestance attendre dans le froid comme une mendiante et, de plus, à l'heure. Vous êtes véritablement exceptionnelle.

— Votre flatterie me va droit au cœur.

— Mais je vous en prie. Dites-moi, reprit-il plus sérieusement, je ne doute pas un instant que vous ayez mis à profit votre temps ici. Qu'avez-vous appris sur ce Monsieur Quéré qui puisse se révéler utile ?

— Puisque vous le demandez : oui, j'ai appris où se fera, je pense, l'échange.

— Que faisons-nous encore ici en ce cas ?

— Monsieur di Lucantoni, je n'ai guère attendu votre bénédiction, vous vous en doutez. Cette information provient de l'un des serviteurs de l'hôtel et, s'il ne ment probablement pas, je préfère tout de même suivre notre marchand lorsqu'il partira, par acquis de conscience. Ce n'est pas très loin ; aussi je ne pense pas qu'il prendra une voiture.

— Vous pensez à tout, ma Dame, vous êtes vraiment une perle, ironisa-t-il. Quant au lieu en question ?

— Oui, le lieu… Vous pourrez effectivement y trouver une utilité. Il s'agit d'un cabaret de mauvaise réputation vers la place de la Bastille.

Scipione leva la main pour demander le silence et, avant que la belle rousse n'ait le temps de rétorquer, pointa la direction de l'hôtel de Quéré. Les grilles s'étaient en effet ouvertes et le marchand sortait de la propriété, accompagné de quatre gardes du corps. L'Italien plaça le fourreau de sa lame sous sa cape, afin de moins attirer l'attention, et tendit son bras à sa compagne de crime. La jeune femme accepta l'invitation et tous deux suivirent la procession sous le déguisement d'un simple couple.

— Dites-moi, Madame Isulka…

— Mademoiselle suffira, reprit-elle d'une voix étonnamment neutre.

— Toutes mes excuses, Mademoiselle. Si je puis me permettre, je comprends pourquoi ce cher Sir James Ladd a fait appel à mes services. Je ne suis peut-être pas local, mais je sais me défendre et ne suis pas rebuté par des tâches qui, dirons-nous, dansent avec la légalité. Mes talents siéent à merveille sa proposition. Mais, pour tout vous dire, je ne suis pas certain de prendre la pleine mesure de votre rôle dans tout cela. Vous n'avez guère l'air frêle, je vous l'accorde, mais si nous devons prendre des risques ensemble, j'aimerais savoir à quoi m'attendre, vous comprenez ?

— Ne vous en faites pas, je suis également habituée à « danser avec la loi », comme vous le dites si bien. Et non, je ne suis pas aussi faible que mon sexe pourrait le laisser croire, vous avez raison à ce propos. J'imagine que vous n'êtes guère habitué à travailler avec des femmes ?

— Grand Dieu, non ! D'ailleurs, j'aimerais même vous proposer de simplement rentrer chez vous. Je récupérerai ce que nous devons récupérer ce soir, comme prévu, et nous pourrons même nous rendre ensemble demain chez Sir Ladd. Que nous travaillions à deux ou non, la somme ne changera pas. Au moins, je n'aurai pas ce poids sur ma conscience que de risquer votre vie. Qu'en dites-vous ? Vous n'y perdez rien, et ne prenez aucun risque.

— Presque aucun risque, corrigea-t-elle. Qui me dit qu'une fois la pierre en main, vous ne déciderez pas simplement de vous éclipser ? Mes problèmes ne feraient alors que commencer.

— Mademoiselle ! Comment pouvez-vous penser telle chose de votre serviteur ? Me voilà…

— Chut… coupa-t-elle. Nous sommes arrivés.

Devant eux se dressait un ancien théâtre, arborant une double porte rouge. Une large enseigne en vieux bois pendait au-dessus de l'entrée, représentant une jambe de femme courtement vêtue. Un homme à la barbe imposante et au sourire noir s'approcha, les bras écartés.

— Bienvenue à la Jarretière Noire !

Isulka et Scipione s'étaient installés à une table ronde un peu bancale, au milieu de la petite salle qui faisait office de cabaret. Seules quelques bougies faiblardes éclairaient les lieux enfumés. La musique était assourdissante, dispensée par un orchestre de musiciens sur la fin, alcooliques et opiomanes à n'en point douter. Des filles ni belles ni laides dansaient et affichaient sans gêne des corps plus ou moins opulents, à peine cachés par des froufrous d'un autre temps. La population était masculine, d'un âge certain, mais d'un revenu incertain.

Une fille, ou plutôt une dame vêtue d'un corset rouge s'approcha de leur table, l'air fatigué. Ses seins gros comme des melons semblaient vouloir s'échapper des baleines de fer. L'Italien passa un moment à les apprécier, avant de commander un verre de vin. Isulka fit de même, contemplation en moins, et la serveuse s'en alla, d'un pas étudié pour laisser au client le soin d'admirer un postérieur ondulant.

Damien Quéré se trouvait dans une alcôve, non loin de la scène. Ses hommes avaient pris place autour de lui et surveillaient la salle avec vigilance. Une vigilance que les nombreuses filles présentes ébréchaient quelque peu.

— On dirait que vous aviez raison, dit Scipione.

— Je ne vois pas l'acheteur pour le moment, commenta-t-elle.

— C'est peut-être mieux ainsi.

L'Italien regarda autour de lui avec un regard calculateur. Il se moucha ensuite bruyamment, avant de se pencher vers Isulka :

— J'ai un plan.

« Hors de question ! » avait été la réponse première d'Isulka à la proposition du jeune homme. Elle n'avait cependant pas été capable, malgré une longue et intense réflexion, de trouver une meilleure solution pour approcher le marchand. Elle s'était donc résignée et s'était levée, suivant une fille qui portait un plateau vers l'arrière-salle. Elle avait facilement trouvé les vestiaires cachés par des rideaux cramoisis et était entrée dans les loges.

Elle se fit rapidement interpeller :

— Qu'est-ce que tu fiches ici ? lui demanda une femme d'un âge certain, tant fardée qu'on ne voyait plus la couleur de sa peau.

— Mon premier jour, M'dame.

— Salle ou scène ? demanda-t-elle, lui faisant signe de la suivre.

— Salle.

Elles entrèrent dans un boudoir. Les femmes se changeaient et se remaquillaient devant de grandes coiffeuses, dans un ballet qui semblait plus chaotique qu'organisé, mais qui, pourtant, par un miracle que la foi n'expliquerait pas, fonctionnait.

— Déshabille-toi. On va te trouver quelque chose. Ton nom ?

— Isulka, bafouilla la belle rousse, échangeant très certainement son teint pâle contre des notes rouge écrevisse.

Elle commença à déboutonner son chemisier, alors que la vieille fouillait dans des affaires plus courtes les unes que les autres. Isulka n'était pas quelqu'un que l'on qualifierait de prude, mais elle avait sa dignité et celle-ci risquait de se faire égratigner au cours de la soirée. Le pire n'était peut-être pas de se trouver en petite tenue devant des inconnus, mais simplement de donner satisfaction à l'Italien enrhumé.

La matrone lui tendit un corset en velours couleur émeraude ainsi que des bas, des gants de dentelle et une jarretière, noire évidemment.

— Enfile ça, je vais t'aider. Tu peux garder tes bottines à talons par contre, j'aurai rien de mieux.

Elle marqua une pause, dévisageant Isulka :

— Mais qu'est-ce qui est arrivé à ton cou ? demanda-t-elle en pointant les hématomes qui sertissaient les épaules et la gorge de la jeune femme.

— Un petit coup de froid. Vous n'avez rien de plus long ? Une jupe, n'importe quoi ?

— Un coup de froid, bah voyons… On va habiller ça. Ça cachera un peu tes seins, mais comme ils sont pas bien gros, c'est pas grave.

Elle ne répondit rien quant à la jupe.

Isulka enfila le corset et la femme le serra si fort que sa respiration s'en trouva entravée. Toujours aidée de la matrone, elle mit les bas, la jarretière, les gants et, pour cacher ses bleus, la vieille lui plaça un tour du cou en satin et dentelle noire. Une touche de maquillage – par touche, il fallait comprendre une épaisse couche – et Isulka put repartir.

Elle préféra ne pas se regarder dans le miroir avant de retourner en salle.

Isulka s'était élancée après la plus profonde inspiration que le corset lui avait permise. Dans son esprit, seule flottait la récompense pour sa mission qui, pour le moment, ne s'avérait pas beaucoup plus complexe que d'autres. Elle avait également déjà porté des tenues légères lors de ses spectacles de magie, bien que la foule jamais ne fût aussi mâle et lubrique qu'en cet instant. Elle sentait en effet les regards se poser sur elle, ou plutôt sur les parties de son corps usuellement plus habillées.

Elle se rapprocha de la table du marchand, après avoir pris au comptoir un plateau avec quelques verres pleins. Damien Quéré ne se trouvait plus seul : trois hommes s'étaient assis à sa table et discutaient avec lui. Isulka repéra Scipione. L'Italien lui fit le signe convenu que tout se passait comme prévu, souriant un peu plus que d'usage en la voyant. Elle lui aurait très volontiers arraché les yeux, mais se contenta de lui lancer un regard noir.

Les deux hommes de main gardant l'alcôve observèrent davantage ses courbes que son visage lorsqu'elle passa à leur niveau, preuve s'il en fallait qu'on ne pouvait compter sur un mâle pour faire même le labeur le plus simple lorsqu'une belle femme se trouvait à proximité. Deux des clients discutant avec le marchand avaient la peau tannée et, bien qu'en costume tout français, ne le semblaient guère. Ils parlaient entre eux dans une langue qu'Isulka ne put identifier. Visiblement, Monsieur Quéré ne les comprenait guère mieux, puisqu'un interprète l'accompagnait.

D'un coup d'œil, Isulka repéra une petite boîte noire posée sur la table, du côté de Quéré. Elle surprit un peu de leur discussion :

— Monsieur Ahmon pense que le prix de cent trente mille francs suffit amplement, dit l'interprète avec un accent moyen-oriental marqué. Il propose cependant de compléter la somme de douze mille autres francs pour votre discrétion.

Quéré sembla prendre le temps de la réflexion, avant de répondre :

— Vous pouvez dire à Monsieur Ahmon que cela me semble en effet raisonnable. Dites-lui qu'il peut apporter l'argent ici-même.

L'interprète se rapprocha de l'un des étrangers et parla à son oreille. Damien porta alors son attention sur Isulka, se rendant compte à l'instant de sa présence. C'était le moment où jamais : elle feignit de glisser et fit tomber son plateau sur les genoux du marchand qui se releva dans un mouvement de réflexe, le pantalon et le veston complètement trempés.

— Oh pardon, pardon, pardon, s'exprima Isulka avec emphase, alors que l'homme s'empourprait.

Elle se rapprocha ou plutôt se jeta sur lui, prenant une serviette sur la table, à quelques centimètres de la boîte noire, et épongea la bière et le vin tout en se répandant en excuses, auxquelles il répondait par des jurons d'une grande vulgarité. Ne restait qu'à espérer que Scipione se chargeât de sa part du plan, si elle ne voulait pas finir avec de nouveaux hématomes à son actif.

A priori oui.

Elle entendit derrière elle une voix lourde et ivre grogner vindicativement :

— Ça, c'est pour m'avoir traité de sale gorille eunuque, ordure !

Le son d'un poing contre une mâchoire se reconnaissait toujours. Isulka se retourna, dos à Damien : l'un des hommes de mains s'écroula sur la table au même moment, jeté là par une brute patibulaire au béret sale et au nez tordu. Probablement un boxeur ; Scipione avait bien choisi.

La jeune femme recula pour éviter le choc et affecta de chuter en même temps. Sa main saisit la boîte noire, qu'elle ouvrit d'un geste rapide, mais discret. Elle s'empara du contenu – il s'agissait bien d'une bague – et referma le couvercle. L'action n'avait duré qu'un instant et déjà, l'agresseur devait faire face aux autres serviteurs de Quéré.

Isulka se releva, glissant le bijou à son annulaire droit, par-dessus le gant, et s'éloigna avec un air outré et apeuré. Elle rejoignit Scipione sans faire plus attention à ce qu'il se passait derrière elle, ignorant si le marchand avait déjà vérifié le contenu de sa boîte. Elle espérait que non.

L'Italien lui jeta son manteau – qu'elle enfila – ainsi que son sac à main, et tous deux se dirigèrent vers la sortie de l'établissement le plus rapidement et discrètement possible.

Au moment où ils ouvraient la porte, un homme au visage oriental entrait. Le cœur d'Isulka se figea à ce moment précis, comme pris d'un inexplicable malaise. Scipione la rattrapa de justesse et lui évita une nouvelle chute. Le regard de l'étranger croisa le sien et une douleur vive la transperça, lui donnant la subite impression que son corps, son âme même, venaient de geler. Le doigt auquel elle avait enfilé la bague la brûla, comme si elle l'avait mis dans la neige puis plongé dans de l'eau bouillante.

Elle se mordit la lèvre mais ne dit rien.

L'individu porta alors son attention sur le cabaret et Scipione la fit prestement sortir.

— Vous l'avez ? demanda-t-il, alors que le froid de la rue les accueillait.

Pour toute réponse, elle lui montra sa main. Il s'agissait bien d'un rubis, qui ne laissait aucun doute sur sa valeur. Il brillait cependant d'une lueur rouge sang qui n'avait rien de rassurant.

— Parfait, dit-il, un sourire noir aux lèvres.

Chapitre IV

La charmante voleuse avait rapidement demandé à Scipione de s'arrêter dans un café, non loin de la place de la Bastille. Elle était glacée. Il fallait dire qu'elle s'était vraiment donnée dans son rôle et, sous son manteau d'hiver, ressemblait davantage à une fille de joie qu'à la femme qu'il avait rencontrée chez le Britannique. Cela n'était pas pour déplaire à l'Italien : il trouvait la jeune femme attirante, bien que dotée d'un caractère délicieusement abominable. Il avait eu la décence, ou plutôt la présence d'esprit, de ne faire aucun commentaire sur sa tenue, d'autant qu'elle avait réussi à chaparder la gemme aux yeux et à la barbe de plus d'une demi-douzaine de personnes, et Dieu savait quel tour elle avait encore dans son sac. Il ne l'aurait jamais avoué, bien sûr, mais il n'aurait pas fait mieux lui-même.

Les mains d'Isulka enserraient un bol de thé, sa bague de rubis exposée aux yeux de tous. Par précaution, il ne l'avait pas lâchée un instant du regard depuis leur sortie. Le bijou avait en effet l'air de valoir bien davantage que la compensation financière proposée par Sir Ladd. Il ignorait combien il pourrait en tirer exactement — il faudrait pour cela poser la question à un joaillier ou, en tout cas, à un connaisseur —, mais il avait participé à suffisamment de rapines pour savoir qu'ils avaient là de quoi faire fortune.

— Que comptez-vous faire, à présent ? demanda-t-il pour cerner un peu mieux la jeune voleuse.

— Le rendre à Sir James Ladd, bien évidemment.

Elle lâcha un instant sa source de chaleur pour admirer la bague, qui seyait à merveille à sa chevelure rousse. Son visage ne laissait paraître aucune arrière-pensée, mais, quelque part, Scipione doutait de son intégrité. Les belles pierres avaient cet effet pervers sur l'humanité : quiconque tombait en leur possession ne restait pas honnête bien longtemps. Sans doute Isulka devait-elle avoir franchi cette frontière de la malhonnêteté depuis un moment déjà.

Il en savait quelque chose…

— Bien évidemment, répondit-il. Nous ne voudrions pas manquer à notre parole, n'est-ce pas ?

— Vous pensez que nous devrions ? interrogea-t-elle innocemment.

Un choix de mots peu anodin, jugea l'homme. Elle voulait qu'il se charge de proposer la suite logique bien qu'immorale des événements, très certainement pour se dédouaner de toute responsabilité si les choses tournaient mal.

— Je me dis que sa valeur doit être bien éloignée des quelques trois cents francs que l'on nous a vendus.

— Certes.

— Je connais quelqu'un qui se trouve justement à Paris. Il pourrait nous mettre en relation avec un acheteur en toute discrétion. Nous ne toucherions pas le prix exact de la chose, mais cela s'approcherait davantage de sa valeur véritable que ce que propose notre employeur.

— Combien, vous pensez ?

— À vue de nez, je dirais quelque chose comme au moins cinq ou six mille francs, mais je ne suis pas un…

L'éclat de rire soudain d'Isulka prit l'Italien en défaut. L'air joyeux, elle se tourna vers le garçon et demanda deux verres d'un excellent vin.

— Ai-je dit quelque chose de drôle ? demanda Scipione, un peu vexé.

— On peut dire cela, oui. J'ai entendu un bout de leur conversation : l'échange s'élevait à quelque chose comme cent trente mille francs.

— Impossible, vous devez faire erreur.

— Je ne fais pas erreur. Le prix du silence, seul, se situait à douze mille francs.

L'Italien ne put s'empêcher de siffler, tout en se renfonçant dans son siège. Ses yeux se posèrent de nouveau sur le joyau, avec lequel Isulka jouait machinalement. Elle avait l'air sérieuse.

Le garçon vint servir les deux verres de vin.

Cent trente mille francs…

La pierre n'était pas petite, loin de là, mais elle n'était pas géante pour autant. Le prix évoqué apparaissait tout simplement exorbitant, de quoi les rendre riches jusqu'à la fin de leurs vies. Il devait en revanche y avoir anguille sous roche, et il n'aurait pas juré que n'importe quel acheteur se permît de dilapider sa fortune, qui plus est pour ce caillou.

Scipione fit signe au garçon de laisser la bouteille et lui donna un pourboire conséquent.

— Mon ami pourrait tout de même aider, dit-il.
— Quand pouvons-nous le rencontrer ?
— Cette nuit. Il vaut mieux voir ce que nous pouvons vraiment en tirer avant notre rendez-vous avec Ladd. Par contre…
— Par contre ? demanda-t-elle en arquant un sourcil.
— Il est du genre un peu timide. Mieux vaudrait que je le rencontre seul.
— Très bien.
— Avec la pierre.

Elle but lentement son verre de vin, semblant soupeser la question un instant.

— Hors de question.

Cela valait le coup d'essayer, même s'il ne s'était guère fait d'illusions. Il but un peu de vin également, avant de prendre la bouteille. Ce faisant, il regarda intensément une table voisine située dans le dos de la jeune femme, jusqu'à ce que, par instinct, Isulka se retournât.

Les Italiens avaient toujours eu cette réputation d'exceller à l'art du poison, ce que, bien entendu, ils réfutaient haut et fort lorsque le sujet était abordé en leur présence. Cela ne rendait pas moins vraie cette… sensibilité, et Scipione ne dérogeait pas à la règle.

D'un habile mouvement du pouce, il révéla une petite cache dans sa chevalière, remplie d'une poudre marron, qu'il versa prestement dans le verre de la belle rousse tout en la resservant.

Il lui adressa un sourire lorsqu'elle se retourna, n'ayant bien entendu rien vu d'extraordinaire à l'autre table.

Elle reprit un peu de vin.

⁂

Scipione avait eu la décence de payer pour la bouteille lorsqu'il avait abandonné Isulka à son sort, après bien sûr l'avoir délestée de l'objet tant convoité. Elle avait simplement perdu connaissance en se levant au moment de partir, la drogue ayant eu raison d'elle. Il s'était senti coupable un instant, au moins jusqu'à ce qu'il passât la porte du café.

Ses pas l'avaient ensuite conduit chez son contact, un concitoyen vénitien avec qui il avait travaillé deux ou trois fois depuis son exil en France. L'homme, prénommé Alessandro, ne méritait peut-être pas une confiance aveugle, mais, hélas, le réseau de Scipione n'était pas aussi étendu ici qu'il avait pu l'être naguère en Italie, en tout cas, avant que les choses ne tournassent mal pour ses affaires.

Il n'avait pas montré la bague à Alessandro, mais avait tout de même su éveiller son intérêt quand il avait mentionné les sommes faramineuses dont il était question. Ils avaient ensemble convenu de se revoir dans la soirée. Le recéleur viendrait accompagné d'un de ses clients que l'affaire pouvait intéresser.

Le rendez-vous devait avoir lieu à l'abri des regards indiscrets, dans les coulisses d'un théâtre dont Alessandro connaissait le propriétaire.

Scipione avait passé la journée dans sa chambre d'hôtel. Il ne souhaitait pas se faire remarquer avant le soir, que ce fût par Ladd, par Isulka si elle se réveillait, ou par un simple pickpocket qui aurait la grandiose idée de lui faire les poches. L'Italien se serait définitivement reconverti dans la farce et le vaudeville s'il avait perdu le rubis de la sorte. Il aurait même volontiers fourni les choux et tomates à lancer sur les comédiens.

Le théâtre en question ne payait pas de mine. L'affiche du soir était un vulgaire spectacle de marionnettes dont la réclame racoleuse clamait : « Fornication au couvent ! ». Malgré le côté aguicheur du titre, la pièce n'attirait pas grand monde, et l'Italien se procura sans peine un ticket d'entrée. L'intérieur, décrépi et sale, se montrait particulièrement bruyant. Le spectacle avait débuté, et le maigre public ne manquait pas d'insulter copieusement les marionnettes de nonnes avec une imagination et une créativité débordantes.

Malgré son habituel cynisme, Scipione n'appréciait guère lorsque l'on tournait au ridicule la Foi et l'Église. La France avait beaucoup perdu de son attachement à la religion, et c'était un état de fait bien triste. Supporter la flopée d'injures était cependant bien plus aisé lorsqu'il pensait à l'argent qu'il allait très bientôt empocher. Peut-être en verserait-t-il un peu à un couvent pour se faire pardonner ses actions.

Il glissa un mot à l'un des employés du théâtre qui le laissa passer dans les coulisses. Il se retrouva ainsi sur le lieu du rendez-vous avec, pour seule compagnie, un rat gros comme son poing qui se baladait librement sur des poutres en bois.

Scipione n'avait pas eu d'autre choix que de venir seul et espérait ne pas tomber dans un traquenard. Il aurait peut-être finalement dû jouer franc-jeu avec Isulka et ne pas la laisser sur le carreau. Elle aurait à n'en point douter offert une bonne diversion en cas de troubles. Mais ce qui était fait était fait, et il n'aurait de toute façon eu confiance en personne avec un enjeu aussi important.

Pendant que le raffiné public hurlait : « *Marie-Jeanne ! À poil !* », la porte par laquelle Scipione était entré s'ouvrit. S'il n'était pas venu accompagné, faute d'amis, Alessandro avait visiblement pris des précautions, car ce n'était pas un invité qui entra, mais cinq. Tous Italiens. Et armés.

Le sixième homme n'était pas Alessandro, bien que son visage fût connu du spadassin.

— Scipione, mes respects, lui adressa l'autre en italien tout en s'avançant, un sourire carnassier aux lèvres.

Ses sbires s'étaient sans un mot écartés, formant un arc de cercle autour des deux hommes.

— Alfonso, répondit Scipione avec gravité.

Alfonso Calvetto, un mécréant de près de vingt-cinq ans, avait trahi Scipione de la plus abjecte manière deux ans auparavant. L'homme avait pourtant été comme un frère pour le spadassin. Ce dernier l'avait recruté quand il vivait dans la rue et lui avait offert un toit, une famille et une éducation. Alfonso était même devenu le bras droit de la petite organisation de Scipione.

Mais cela n'avait pas suffi. L'appât du gain s'était montré plus fort que la famille et que l'honneur et Alfonso s'était retourné contre son frère, le donnant lui et ses hommes en pâture à son ennemi juré.

Seul Scipione avait survécu ce soir-là.

— Comment m'as-tu retrouvé ? demanda Scipione, la main à présent sur la garde de sa rapière.

— Signore Delmonte a le bras long, mon ami.

— Notre amitié repose au fond de la Lagune, Alfonso.

— Peut-être, tu dis vrai. Alessandro, par contre... Voilà un ami de la famille, et tu sais à quel point la famille est sacrée pour les Delmonte.

Alfonso voulait mettre Scipione en colère afin qu'il perdît ses moyens et agît stupidement. Il pesait bien ses mots, le spadassin n'enlèverait pas cela à son élève, mais ce dernier semblait oublier que c'était justement auprès de lui qu'il avait appris l'art de jouer avec les émotions.

Il feignit néanmoins de rentrer dans le jeu et cracha au sol :

— Tu oses me parler de famille ? Lorsque je t'ai trouvé, tu mangeais dans le caniveau comme un chien errant. Même ta *mamma* jamais ne voulut de toi. Elle espérait juste que les rues te finissent comme elle n'a jamais osé le faire. Et tu me parles de famille ? Ni honneur, ni famille, ni *mamma*. Tu n'as rien, Alfonso. Tu n'es rien.

L'homme avait perdu son sourire. Scipione ne lui laissa pas le temps de le retrouver :

— À moins que tu ne veuilles prouver ta valeur ? Bats-toi contre moi. Je me montrerai généreux avec toi, et je t'achèverai à la lame, et non sous le talon de ma botte, comme tu le mérites.

— Quand Delmonte en aura fini avec toi, je t'ouvrirai le ventre et je jetterai ton cœur à mes chiens. Mais, pour le moment, reste en vie, si tu le peux.

Il fit signe à ses hommes et sonna l'heure de l'attaque.

Le style d'escrime de Scipione avait demandé beaucoup d'entraînement et de rigueur, mais il s'avérait redoutable : l'homme tenait sa rapière et portait ses attaques de la main gauche tandis qu'il parait avec sa dague, tenue dans la main droite. La quasi-totalité des adversaires qu'il avait pu rencontrer étaient droitiers et avaient grand mal à s'adapter à une garde à gauche.

Alfonso connaissait bien sûr la garde de son maître et ne se ferait pas prendre de court aussi facilement.

Scipione ôta sa cape tandis qu'il se faisait encercler. Rapide comme l'éclair et contrairement à son habitude, il dégaina son arme principale de la main droite et frappa droit devant en direction d'Alfonso qui s'était attendu à tout sauf à cela. Scipione était en effet droitier de naissance, ce que l'on pouvait oublier à force de le fréquenter, et son ennemi ne l'avait jamais vu bretter ainsi.

Alfonso para de justesse l'attaque qui, autrement, l'aurait éborgné, mais perdit l'équilibre dans le mouvement. Le duelliste en profita pour lui administrer un puissant coup de pied dans le genou qui mit son adversaire à terre dans un craquement sinistre. Il l'aurait achevé sans l'intervention des autres hommes.

Il para de sa rapière le coup de sabre d'un sbire, déviant la lame de celui-ci vers le sol. Il jeta sa cape au visage de l'homme, surpris par le mouvement peu orthodoxe, avant de lui planter la pointe de son épée dans la gorge avec aisance. L'artère tranchée, l'agresseur s'écroula au sol alors que son sang giclait jusqu'aux murs.

Scipione n'affectionnait pas outre mesure les touches de ce genre qu'il jugeait grossières, voire indignes, mais l'effet psychologique de regarder quelqu'un agoniser de la sorte ne devait pas être sous-estimé, et, en l'occurrence, l'Italien devait user de tous les artifices à sa disposition. Il avait beau exceller, ils étaient tout de même quatre.

Les attaquants prirent le temps avant de se lancer à nouveau. Ils attendaient que Scipione tournât le dos à l'un d'entre eux suffisamment longtemps pour frapper, mais le bretteur restait mobile et semblait garder ses flancs à merveille.

Il tenait à présent ses deux armes comme à l'accoutumée.

Il feinta et offrit une fausse opportunité à celui des hommes qui semblait le plus à l'aise à l'arme blanche. L'adversaire s'engouffra dans la brèche, frappant de biais, mais ne trouvant que le vide. Scipione, qui avait fait un pas de côté, toucha l'homme aux côtes. Il n'eut cependant pas le loisir de l'achever, car les trois autres, probablement inquiets de voir deux des leurs ainsi que leur chef touchés si rapidement, se jetèrent sur lui de conserve.

L'Italien virevolta, chassant une lame de son épée tout en bloquant un sabre de sa main-gauche. Il repoussa le troisième du pied, dégagea sa rapière tout en cinglant le visage d'un sbire et évita de justesse le poing de celui qui restait au contact.

Parade, esquive, frappe, chaque action était réglée comme du papier à musique, la moindre faille, la moindre erreur pouvant s'avérer fatale.

Scipione était cependant un musicien virtuose, et son instrument était d'acier. Il blessa à plusieurs reprises, sans touche mortelle certes, mais ses adversaires devinrent plus lents et plus frileux, bien que toujours trois fois plus nombreux. Lui-même se fatiguait par l'action violente et rapide. Ses muscles le brûlaient et il sentait le poids de ses armes entre ses mains. Son souffle se faisait court et ardent, ses jambes s'alourdissaient, mais l'entraînement et le feu du danger le poussaient au-delà de la souffrance.

En toute honnêteté, il se sentait même heureux de faire chanter l'acier et de risquer sa vie. Les duels étaient l'affaire d'une autre époque, et il en appréciait inconsciemment d'autant plus chaque moment de danger. Il se sentait plus vivant que jamais.

Il n'eut cependant pas le loisir de finir les trois hommes et de s'en prendre à Alfonso, car ce dernier s'était relevé et tenait entre ses doigts une arme bien plus lâche que l'épée.

Un coup de feu retentit, suivi d'un choc violent.

L'instant d'avant, Scipione était en train de gagner contre six ennemis et, un temps plus tard, il gisait sur le sol et contemplait le plafond. Le rat qu'il avait vu en entrant dans l'arrière-scène semblait le fixer avec indifférence, se frottant les moustaches narquoisement.

Sa vue se brouilla et il perdit connaissance, son premier acte de Vendetta dérobé d'abjecte manière.

Chapitre V

Isulka émergea embrumée de ce qui se qualifierait davantage d'inconscience que de sommeil. Ses paupières s'ouvrirent, et une migraine cruelle la saisit. Elle mit un long moment à simplement se lever et à identifier les lieux où elle avait passé la nuit. Il s'agissait d'un café, à présent vide de toute âme.

Une lumière blafarde nimbait la pièce. Elle avait dormi dans un coin de la salle, et personne ne l'avait vue, ou en tout cas dérangée, pendant de longues heures, à en juger par les courbatures qui lui parcouraient le flanc.

Les événements de la veille défilèrent au ralenti et dans un ordre chaotique dans son esprit : elle avait rencontré un Anglais, un Italien, des Arabes, des effeuilleuses et avait mis la main sur une bague. Ou plutôt sur un rubis rouge sang.

Cent trente mille francs.

Elle se souvenait à présent : elle avait réussi à dérober le bijou des mains d'un marchand au noir et était venue dans ce café avec Scipione. Après cela, le noir complet.

Bien entendu, le bijou avait quitté son doigt.

La réalité s'imposa froidement à elle : l'Italien s'était joué d'elle. Il l'avait probablement droguée et laissée là pour aller voir son contact et empocher l'argent seul. C'était d'ailleurs un miracle qu'elle se fût réveillée simplement ici, dans le même café, ses vêtements visiblement intacts. Dieu savait ce qui se serait passé si un maniaque ou un violeur l'avait vue dans cette tenue. Une envie folle d'étriper l'homme la saisit.

Plus que tout, elle se sentait humiliée : humiliée de s'être fait avoir de la sorte, humiliée qu'il l'ait abandonnée là, humiliée d'avoir échoué. Elle n'avait cependant aucune idée de comment le retrouver et lui faire payer sa traîtrise au prix fort. Il s'était montré suffisamment malin pour ne jamais mentionner le nom de son contact, s'il en avait jamais eu un et ne s'était pas juste enfui avec le bijou. Retrouver un hypothétique receleur italien n'aurait rien de simple. Après tout, ce n'était pas comme s'ils se trouvaient dans l'une des plus grandes villes du monde…

Dehors, le soleil, bien que caché par d'épais nuages, devait briller depuis plusieurs heures. Elle n'avait aucune idée de combien de temps s'était écoulé, mais à en juger par l'activité de la rue, on approchait du milieu de l'après-midi. Mieux valait ne pas s'attarder plus longtemps : ne manquerait plus en effet que le propriétaire la trouvât là en rentrant et la prît pour une voleuse. C'eût été ironique que de se faire arrêter pour si peu, alors qu'elle avait commis des larcins qui l'emmèneraient droit en prison, voire à la potence, si les autorités en avaient vent.

Elle ouvrit la porte, qui, par chance, se déverrouillait de l'intérieur par un loquet et non une clef, et se dirigea vers son appartement.

⁂

Après une longue marche dans les rues étroites, sales et nauséabondes de la capitale, l'esprit toujours quelque peu enténébré par la drogue et le corps encore perclus de mille douleurs, Isulka rejoignit ce qui lui faisait office de demeure tout au nord de Paris, rue Jean-Baptiste Pigalle.

Elle logeait non loin des cabarets et bars de nuit qui suscitaient de vives réactions auprès des bonnes gens, mais qui avaient le mérite de l'accueillir pour ses spectacles, parfois plusieurs soirs par semaine. Elle avait d'ailleurs probablement fait faux bond au Divan Japonais, ce qui n'était pas la première fois et ne serait vraisemblablement pas la dernière.

Elle entra dans son immeuble, aussitôt assaillie par les fumées d'opium. En effet, elle avait trouvé ses appartements du moment grâce à un ami de mauvaise réputation, un certain Denis qui préférait d'ailleurs se faire appeler Denise, et que l'on croisait plus souvent avec une robe et du rouge à lèvre qu'une salopette et un cigare.

Denise lui avait prêté une pièce à l'étage, en échange initialement de quelques services qui, au fil des mois, s'étaient faits d'une rareté extrême. Il n'avait pas été si évident que cela pour une jeune femme seule de trouver hébergement dans la capitale. Les Parisiens considéraient généralement Isulka comme une marginale et elle devait régulièrement mentir et se déclarer veuve pour éviter les complications ou les commentaires. Cette marginalité, ou plutôt cette fragilité, avait poussé Denise, elle-même en dehors des bonnes mœurs, à lui prêter assistance.

Isulka enjamba quelques corps de chevaucheurs de dragon qui ne firent pas attention à elle avant de monter les escaliers qui menaient à l'étage. Elle était toujours habillée comme la veille et les baleines de fer avaient désormais pour seul effet de lui briser les côtes : elle ne désirait qu'arracher ce satané corset et enfiler sur-le-champ une chemise de nuit, la plus ample, large et laide possible.

Elle trouva les clefs dans son sac à main, qu'on ne lui avait heureusement pas volé, et ouvrit la porte.

La lumière extérieure se faufilait comme elle pouvait dans l'appartement plutôt sombre et qui rappelait davantage la Bérézina que les chambres d'une jeune femme bien élevée. Les lieux étaient investis par des vêtements, des affaires de maquillage, de la maroquinerie dans un état plus ou moins décent, d'autres vêtements, du matériel à coiffure, des chaussures, bottines et bottes, encore d'autres vêtements ainsi que de la lingerie et, de ci de là, quelques livres aussi bien occultes, philosophiques, que grivois ou encore d'agrément.

Sur ce qu'on aurait jadis pu qualifier de canapé l'attendait un invité inattendu qu'Isulka mit un long moment à apercevoir, s'étant préalablement débarrassée de son sac, de ses chaussures et de son manteau.

L'homme en question, très massif, arborait un œil au beurre noir, un bandage à l'oreille et un regard assassin, quoique lubrique.

— Georges ? s'exclama la jeune femme en reconnaissant celui à qui elle devait les marques sur son cou.

Elle compta mentalement les jours depuis leur dernière rencontre et en vint rapidement à la conclusion qui s'imposait : elle devait la seconde moitié de sa dette aujourd'hui.

La brute se leva :

— Monsieur Occipis demande si vous avez l'argent.

— Peut-être pourrais-je en discuter avec lui ?

— Et il m'a dit : pas d'argent, pas d'argent.

— Il a vraiment dit ça ?

L'homme se gratta la tête, réfléchissant à ce qu'il venait de dire. Cela ne semblait pas plus clair pour lui que pour elle.

— Il m'a dit, reprit Georges avec un effort de remémoration digne d'éloge, que si je n'ai pas d'argent, je peux revenir avec le bout de mon choix.

— Le bout ? Le bout de quoi ?

— Le bout de corps.

— Ah.

Isulka ne tenait pas spécialement à se séparer d'une partie d'elle-même et n'avait guère envie de négocier un orteil ou une oreille. Elle ramassa donc son sac, en sortit le revolver dissimulé à l'intérieur depuis la veille et le pointa en direction de Georges, visiblement surpris du retournement de situation.

— Georges, je comprends votre situation et j'ai une proposition pour vous.

— Pour moi ?

— Oui, pour vous. Vous devez ramener un bout, c'est cela ? Comme un doigt ou un orteil ?

— Oui, oui, c'est ça ! De mon choix.

— Alors, vous avez le choix : vous trouvez un bout, toujours de votre choix, et vous l'emmenez à Monsieur Occipis en disant bien que c'est de ma part. Je ne sais pas moi, un de vos doigts ou même un de vos orteils : vous n'en avez peut-être pas besoin de dix, après tout. En échange, je ne vous tire pas dessus et je ne décore pas ma chambre avec votre cerveau, même si je doute qu'il ne repeigne plus que le haut de la cheminée, vu sa taille. Qu'en dites-vous ?

— Je...

— C'est un marché honnête, n'est-ce pas ?

— Oui, c'est honnête.

— Parfait. Vous voulez un couteau ou vous vous servez du vôtre ?

Dans un monde déjà loin d'être idéal, les problèmes de la journée auraient pris fin, alors qu'elle raccompagnait un Georges amputé à la sortie de l'immeuble. Elle serait remontée, se serait délestée une énième fois de son manteau et aurait arraché son corset une bonne fois pour toutes avant de le brûler à même le sol et de le piétiner jusqu'à ce que mort s'ensuive.

Le monde n'offrait hélas aucun répit aux femmes à la chevelure rousse : en remontant l'escalier, elle tomba nez à nez avec un jeune homme au physique avantageux et au regard de braise. C'eût été une agréable première rencontre, mais, malheureusement, il s'agissait là de la seconde. L'homme en question avait effectivement déjà eu le plaisir de lui être présenté deux jours plus tôt, chez un marchand anglais qui, manifestement, avait le bras aussi long qu'il le clamait.

Bien plus vif que son précédent visiteur, Aslin saisit le poignet d'Isulka avant qu'elle n'eût eu le temps de pointer son Derringer sur lui.

Il lui arracha des doigts ce qui faisait davantage office de jouet que d'arme entre ses mains de titan et la saisit par la taille avant qu'elle ne pût déguerpir. Cette fuite aurait de toute façon été compromise avec ses talons hauts.

— Un instant, ma jolie, lança-t-il avec un sourire en coin.

Pour seule réponse, elle le gratifia d'une gifle. On ne la saisissait pas ainsi sans au moins une joue rouge.

— Tout Paris sait-il donc où je loge ? demanda-t-elle avec une pointe d'agacement non feint.

Aslin lui montra une affiche de cabaret où elle figurait. Le peintre, pour dire vrai, avait su brosser un portrait d'elle très ressemblant, sans toutefois négliger sa vision d'artiste : elle arborait ainsi un air sérieux et mystérieux et se voyait entourée d'une aura de feu qui rehaussait sa chevelure sauvage.

— J'ai posé quelques questions dans ce charmant endroit, et on m'a dit où la Grande Isulka dormait le soir.

— Et cela ne vous fait pas peur de vous en prendre à la Grande Isulka, prestigieuse mageresse de son état, lorsqu'elle rentre chez elle le soir ? Le revolver : simple question de praticité, mais ne croyez pas que vous m'avez désarmée, jeune homme.

— Une mageresse ? Qu'est-ce que c'est que ça ?

Il avait un accent pas tout à fait anglais, mais définitivement étranger, à craquer. Il n'avait pas perdu le nord en discutant et, sans la lâcher, l'avait dirigée vers la sortie du bâtiment. L'homme était incontestablement un professionnel, même si la nature de sa profession restait à pleinement découvrir.

Isulka lui offrit un discours maintes fois répété :

— Les magiciens ont les magiciennes, les sorciers, les sorcières, les ensorceleurs, les ensorceleuses. Quant aux prestidigitateurs, ils ont les prestidigitatrices et les devins ont leurs devineresses. Même les nécromanciens ont des nécromanciennes, tout comme les enchanteurs qui ont des enchanteresses. Mais qu'est-ce qu'ont les mages ?

Il hésita un instant, probablement pas au fait des nuances subtiles de la langue française. Les hommes de main ne l'étaient jamais, alors ceux qui venaient de l'étranger, n'en parlons pas. Elle répondit à son silence :

— Exactement, cher Aslin, ils n'ont rien. Personne jamais n'eut la joyeuse idée de nous trouver un nom. Je m'en suis chargée.

Il fit un signe satisfait de la bouche avant de lui demander tout en l'emmenant dans la rue, la tenant toujours plutôt robustement par les hanches :

— Tu es magicienne alors ?

— Non ! Je suis mageresse. Je ne fais pas des tours, mais de la magie. Voilà d'ailleurs pourquoi vous feriez bien de me lâcher, avant que je ne prenne la mouche et ne décide de vous rôtir sur place. C'est certes peu discret, mais usuellement plutôt efficace.

Elle bluffait. Non pas qu'elle n'aurait pu le faire rôtir, cela restait dans le domaine du possible et même du faisable, mais expliquer cela aux autorités s'avérait une autre paire de manches. Il était toujours facile de se vanter de pratiquer la véritable magie en ces temps de spirites et d'illusionnistes, mais le faire en pleine rue risquait de vous attirer les foudres du Vatican.

— J'ai une autre proposition, ma petite dame. On va tranquillement aller voir Monsieur Ladd et avoir une discussion à trois. Tu peux me suivre gentiment ou alors je te cogne et je te porte.

— Vous frapperiez une femme ?

— Une femme, non. Une mageresse, par contre…

Chapitre VI

Isulka avait choisi la voie de la raison : elle avait accompagné le dénommé Aslin jusqu'aux appartements de Sir James Ladd. Son récit avait pris une forme définitive dans son esprit sur le chemin et qu'elle fût damnée si elle ne rejetait pas toute la faute sur l'odieux Italien.

Elle se trouvait à présent dans le bureau de son employeur. Son garde du corps lui avait proposé de prendre son manteau et, joueuse, elle avait accepté : il s'était trouvé bien sot en découvrant la tenue qu'elle portait en-dessous, ce qui serait certainement le cas pour l'Anglais également.

Ce dernier, malgré la perte d'un bijou valant presque autant qu'un hôtel particulier, trouva encore le moyen de la faire attendre. Il s'agissait là d'un travers anglo-saxon : toute précipitation risquait irrémédiablement de faire perdre un peu de son flegme au Britannique, ce qui s'avérait tout à fait inacceptable.

— Si cela pressait aussi peu, peut-être auriez-vous dû me laisser le temps de me changer, lança-t-elle en direction d'Aslin.

Le pauvre homme de main haussa les épaules et écarta les mains en signe d'excuses. Il n'était définitivement pas Anglais, lui.

Finalement, Ladd les honora de sa présence. Il alla directement, mais sans précipitation, s'asseoir à son bureau après avoir adressé un signe de tête à Isulka. À la satisfaction de cette dernière, l'homme avait rapidement détourné le regard.

— Madame Isulka, commença-t-il après s'être installé. Veuillez tout d'abord accepter toutes mes excuses pour la manière dont j'ai réclamé votre présence, mais la situation me semblait urgente.

Il l'avait regardée dans les yeux ce disant, mais elle le força à détourner le regard de manière toute féminine, en croisant les jambes. Si mettre l'Anglais mal à l'aise était le dernier exploit avant sa mise à mort, elle ne s'en priverait pas.

— Je souhaitais m'informer de l'avancée de votre travail.

— Eh bien, Sir Ladd, je peux déjà vous dire que le rubis n'est plus entre les mains de ce Damien Quéré, j'y ai personnellement veillé. Malheureusement, votre choix de collaborateurs n'était qu'à moitié parfait. Cet Italien, ce Monsieur di Lucantoni, a décidé que ni vous, ni moi ne méritions sa parole et son honneur.

— Voulez-vous dire qu'il a emprunté la bague pour son compte personnel ?

— Je veux dire qu'il m'a empoisonnée, dépouillée et laissée pour morte. J'étais d'ailleurs presque en chemin pour venir vous voir lorsque votre... homme de main m'a signalé votre ardent désir de me rencontrer.

— *Presque* en chemin ? répéta Ladd avec intérêt.

— Je comptais changer de tenue avant, répondit-elle en décroisant les jambes avant de les croiser de nouveau.

Elle crut voir son interlocuteur rougir. Celui-ci se reprit rapidement cependant :

— J'espère que vous me dites la vérité.

— Évidemment que je dis vrai.

— Car si ce n'était point le cas, je serais dans l'obligation de laisser Aslin chercher cette vérité, et ses moyens sont bien moins civilisés que les miens.

— Je préfère vous le dire tout de suite, Monsieur Ladd : je suis une femme fragile et je ne supporte résolument pas la douleur. Je dirais oui à tout, j'en suis persuadée. Tenez, j'avouerais que j'ai été couronnée reine d'Angleterre si vous me le demandiez avec un fer chaud, et ce avant-même de commencer cette odieuse affaire. Cela se montrerait acceptable pour des aveux, mais je peux vous assurer que la quête de la vérité resterait très superficielle. Aslin pourra certainement vous le dire : on n'obtient que peu de chose de quelqu'un qui craint la souffrance plus que tout.

Ce n'était pas la première fois qu'Isulka devait faire ce discours qui, comme le bon vin, bonifiait avec l'âge. Ladd resta perplexe : il regarda dans la direction d'Aslin qui haussa les épaules une nouvelle fois en signe d'impuissance. Les deux hommes n'avaient probablement pas l'habitude de traiter avec des femmes à fort caractère.

— Madame Isulka, il n'est pas question de torture...

— Vous m'en voyez rassurée, soupira-t-elle de soulagement. J'étais déjà à deux doigts de m'évanouir.

— Certes, certes, Madame. Mais il demeure que nous devons absolument retrouver cette pierre.

Il sembla hésiter un instant, mais continua après avoir jaugé la jeune femme :

— Voyez-vous, je ne me suis pas non plus montré d'une exemplaire intégrité : je ne suis pas un simple marchand s'étant fait dérober un bijou. Je suis un espion au service de Sa Majesté.

— N'en dites pas plus, je ne veux rien savoir !

— N'ayez crainte, Madame, il ne s'agit pas là d'un mortel secret. Je souhaite seulement que les enjeux vous soient connus afin de pouvoir compter sur votre entière collaboration dans la suite des événements. Ce rubis n'a pas qu'une valeur fiduciaire. En effet, une secte égyptienne cherche à se l'accaparer depuis de nombreux siècles.

— Vous plaisantez…

— Malheureusement non. Cette pierre était protégée par la Couronne britannique, mais elle a été volée et s'est retrouvée chez ce marchand que vous avez rencontré. Si nous ne la récupérons pas, elle finira entre les mains de cette secte, et les conséquences seront terribles. Les Égyptiens la nomment la pierre d'Isis.

— La déesse ?

— La déesse Isis, oui. J'imagine que vous connaissez le mythe osirien : Seth, le dieu du désordre, tua et démembra Osiris qui régnait alors sur l'Égypte. Il dispersa les membres du dieu-roi vaincu dans tout le pays. Seth tenta ensuite de violer Isis, la femme d'Osiris, et donc reine d'Égypte, pour devenir de fait son nouvel époux et ainsi usurper la place d'Osiris. Isis parvint cependant à lui échapper et, avec l'aide d'autres dieux, elle retrouva les morceaux du corps de son époux et lui rendit la vie. Le fils d'Isis et d'Osiris, Horus, se battit contre Seth dans un duel à mort, alors que le panthéon tout entier souhaitait l'anéantissement de Seth l'usurpateur. Mais Isis, qui était sa sœur, demanda à ce qu'on épargne son frère. À ce moment, Horus, fou de rage, trancha la tête de sa mère.

— Charmante famille...

— Elle fut sauvée, bien sûr. Seth fut terrassé, mais pas détruit. Il hérita du désert aride, alors que ses ennemis se partageaient les terres des vivants pour les dieux-rois et la terre des morts pour Osiris. Vous pouvez imaginer que Seth n'en fut guère enchanté.

— Voilà une belle histoire, Sir Ladd, qui prend toute sa saveur avec votre accent. Mais j'ai encore du mal à comprendre le lien avec la bague que l'on vous a volée.

— Lorsque Horus trancha la tête d'Isis, du sang de la déesse tomba sur le sol et transforma la pierre en rubis. Des prêtres d'Isis récupérèrent la pierre désormais sacrée. Maintenant, vous vous souvenez lorsque je vous disais que Seth voulait violer Isis pour dérober le trône ? La pierre est le sang d'Isis. Le sang d'Isis est Isis. Et si cette dernière avait ses prêtres, Seth avait également les siens, et ceux-ci devinrent des parias lorsque l'usurpateur fut chassé d'Égypte. Ils ne disparurent pas cependant et, depuis tout ce temps, ils recherchent la pierre d'Isis, car, grâce à elle, ils pourront rappeler Seth du désert et lui offrir le trône, par un sombre rituel dont hélas nous ignorons encore tout.

— J'admire leur détermination. J'ai personnellement du mal

à garder un objectif en tête plus de quelques heures, alors des siècles... Mais cela nous concerne... en quoi, au juste ?

— Imaginez un dieu relégué au rang de paria pendant des éons qui reprend ses pouvoirs à Paris, au cœur de l'Europe. Avez-vous vraiment envie d'être là quand cela arrivera ? La Couronne britannique a décidé que non. Maintenant, vous pouvez nous offrir votre aide dans cette quête qui se révèle la plus importante de l'histoire moderne, puisqu'il ne s'agit de rien moins que sauver notre civilisation. Ou alors, vous pouvez nous assister dans l'unique but d' échapper à la torture. Je vous laisse le choix.

Isulka, comme l'on pouvait s'en douter, accepta la proposition de Sir James Ladd. Elle nourrissait des doutes conséquents quant aux raisons de celui-ci et ne parvenait pas à adhérer à ses histoires de secte égyptienne. Cela n'avait au final qu'une importance mineure, eu égard à la fin cruelle qui l'attendait si elle refusait.

Elle avait proposé de retrouver Scipione seule, mais l'Anglais n'avait pas été dupe et lui avait adjoint la présence d'Aslin, officiellement pour la protéger si les choses tournaient mal. Le jeune bougre avait cela dit plus d'intelligence qu'il ne le laissait paraître et proposa, pour retrouver la piste de l'Italien, de se rendre à l'ambassade où se donnerait un bal masqué le soir-même.

Le spadassin chercherait probablement à revendre le bijou à l'un de ses compatriotes plutôt qu'à un étranger et où trouver davantage de compatriotes qu'à une soirée dansante à l'italienne. Cela dit, pour s'y rendre, il leur fallait une invitation et une tenue irréprochable, ce qui nécessitait un financement évident. Aslin, garant de la bourse de Sir Ladd, dut accompagner la jeune femme chez Gagelin, l'une des seules maisons du textile de Paris pouvant lui trouver une robe pour le soir-même.

Il commençait donc à se faire tard quand ils rejoignirent l'hôtel Galliffet, siège de l'ambassade d'Italie à Paris. Ils s'y rendirent en fiacre, toujours à la charge du couple de gentlemen pour qui l'addition devenait plutôt salée. Mais, après tout, il en allait de l'avenir du monde.

Ils arrivèrent donc dans la cour intérieure de l'hôtel particulier, encadrée d'arbres majestueux. Des colonnes de marbre donnaient fière allure au bâtiment qui transpirait le luxe.

Elle saisit la main qu'Aslin lui tendait et descendit du fiacre. Elle avait échangé son corset contre un autre tout aussi serré, mais de bien meilleure facture, et qui, cette fois, n'était pas posé à même la peau, mais entre une camisole de coton et une robe. Cela restait invivable, mais en valait la peine.

La robe en question était d'une qualité exceptionnelle, en tout cas pour ses habitudes : de satin noir et de velours gris-bleu, elle se mariait à merveille avec sa chevelure qu'elle avait attaché dans un chignon compliqué. Des dentelles argent ornaient ses manches et son col de manière presque princière tandis que des paillettes faisaient scintiller l'ensemble.

Quelques accessoires complétaient l'habit, tels des gants de bal en satin noir, des escarpins aux talons un peu trop haut et un chapeau de plumes de paon. Elle portait évidemment un manteau dans le froid hivernal.

Aslin, en smoking noir et les cheveux attachés, était également élégant, bien qu'un peu à l'étroit. Il la conduisit jusqu'à l'entrée où un majordome à l'accent chantant contrôlait, poliment, les invitations. À défaut du petit carton, il accepta quelques billets de banque et souhaita une bonne soirée au couple improbable.

À l'intérieur, un servant vint les débarrasser de leurs manteaux et chapeaux. Isulka mit en place le masque qu'elle avait choisi, un *columbina* de dentelle noire qui dissimulait le haut de son visage, mais laissait ses lèvres et ses joues découvertes. Ainsi, sa bouche attirait les regards tandis que ses yeux intriguaient.

Aslin avait choisi un *medico della peste*, l'un de ces étranges masques au long nez, inquiétant et couvrant parfaitement son visage. Elle n'aurait su dire si elle le trouvait ridicule ou menaçant.

— Nous ne sommes pas là pour nous amuser, commenta le garde du corps alors que la mageresse acceptait une première coupe de *prosecco*.

— Ne pouvons-nous pas mêler l'utile à l'agréable ? répondit-elle. Si je comprends bien, nous sommes ici pour obtenir des renseignements. Il nous faudra nous fondre dans la masse, et les convives sont là pour s'amuser. Si nous n'agissons pas à l'identique, nous paraîtrons suspects, vous ne pensez pas ?

— Peut-être...

— Alors, allez donc charmer ces dames qui déjà vous dévorent des yeux, et je ferai de même de mon côté.

⁂

La salle de bal était somptueuse et extrêmement chargée, que ce fût par les nombreux tableaux aux cadres immenses, les lustres imposants, les fresques s'étendant sur des pans de mur entiers ou encore les tables de buffet encombrées de mets et de décorations de table. Un orchestre animait la soirée et une bonne centaine d'invités circulaient, dansaient, parlaient, riaient ou encore séduisaient, tous masqués et mystérieux.

Elle s'intégra assez rapidement aux discussions, les convives se montrant suffisamment courtois pour abandonner leur langue méditerranéenne au profit du français lorsque qu'elle devait dévoiler ses faiblesses linguistiques. Garder profil bas se faisait dès lors moins évident, car, souvent, on l'interrogeait sur sa présence ici.

Elle s'improvisa donc fille d'un riche marchand, actuellement en Afrique, qu'elle représentait dans ses affaires.

— Et qu'est-ce que votre père importe donc d'Afrique ? lui demanda un homme au masque d'Arlequin avec un accent chargé.

— Il travaille principalement dans la pierre. Le rubis, en toute honnêteté, est sa gemme de prédilection.

— Le rubis dites-vous…

La discussion changea rapidement de sujet, bien sûr, mais, à plusieurs reprises elle mentionna cette activité. Elle dansa également avec plusieurs jeunes hommes qui, les masques aidant, ne manquèrent guère de lui proposer une autre danse dans des salles privées. Elle refusa en riant à chaque fois, flattée, mais peu intéressée.

Alors qu'elle conversait avec une jeune femme, aux longs cheveux blonds et au masque brun, d'aventures qu'elles n'auraient jamais échangées fussent-elles démasquées, un homme d'âge mûr vint s'immiscer.

— Excusez-moi, Mademoiselle, commença-t-il. J'ai ouï dire que vous recherchiez quelqu'un pour des affaires de pierreries.

L'Italienne fit alors signe de s'éloigner, mais Isulka lui glissa à l'oreille qu'elle lui serait redevable si celle-ci allait informer Aslin de la rencontre qui allait avoir lieu entre la belle rousse et l'acheteur. La jeune femme, peut-être un peu ivre, accepta et prit surtout note avec légèreté de la dette qu'Isulka contractait et insinua, à demi-mots, une manière que la décence réprouverait pour recouvrer celle-ci.

— Mes excuses, je suis toute à vous, mon bon Monsieur, reprit la mageresse, alors que sa précédente interlocutrice se dirigeait vers Aslin.

— Voilà ma dame, je travaille moi aussi dans la pierre.

— Quel heureux hasard ! Père serait ravi d'entendre cela, dit-elle tout en se rapprochant de l'oreille de son interlocuteur. Les rubis vous intéressent ?

— Les rubis, répondit l'acheteur, un peu gêné par la proximité du décolleté de la rousse, ainsi que les émeraudes et les diamants. L'or même.

— Vous devez posséder une fortune !

— Tout comme vous, Mademoiselle, tout comme vous. Peut-être pourrions-nous parler affaires dans un endroit un peu moins… fréquenté.

— J'ai cru comprendre qu'il y avait des appartements à l'étage. Je vous y accompagnerai volontiers… pour parler affaires.

Elle avait parlé de manière résolument ambiguë, tout comme l'était son langage corporel. L'homme ne savait plus trop à quoi s'attendre et il se concentrait davantage sur la jeune femme qui lui avait saisi le bras que sur le garde du corps au masque de perroquet qui les suivait.

L'acheteur conduisit Isulka à l'étage, tandis qu'elle lui contait tous les tourments d'une fille de marchand vouée à vivre seule à Paris pendant l'absence de son père. L'homme sembla presque ému quand elle lui dit à quel point sa vie était solitaire et triste depuis la mort de sa mère. Grand prince, il promit même d'aller la voir ultérieurement pour combler sa solitude.

Ils entrèrent dans un petit cabinet. Il n'eut pas le temps de fermer la porte qu'Aslin s'engouffrait à l'intérieur. L'homme de main referma derrière lui, impassible malgré la protestation étouffée de l'autre gentilhomme. Il se tourna ensuite vers Isulka, comme attendant une explication.

— Ce cher Monsieur… Quel est votre nom, Monsieur ?

— Alessandro, répondit l'autre, à présent bien moins sûr de lui.

— Monsieur Alessandro donc, nous proposait gentiment de vendre nos rubis. J'avais donc comme idée de lui demander si nous étions les seuls dans cette situation.

— Allons donc, s'énerva l'Italien, je ne suis pas homme à divulguer les affaires de mes clients !

Aslin regarda d'abord la jeune femme qui avait profité de cette pause inespérée pour s'asseoir afin d'ôter ses chaussures et de se masser les pieds. Il tourna ensuite le regard vers Alessandro et s'approcha de lui.

— Est-ce que le nom de Scipione di Lucantoni te dit quelque chose, mon vieux ?, demanda le compagnon d'Isulka d'une voix grossie pour l'occasion.

— Je... Non, enfin... Je ne vous répondrai pas, Monsieur. Veuillez quitter les lieux avant que je n'appelle la...

Il n'eut pas le loisir de finir sa phrase, car la brute à qui il parlait lui administra une baffe qui le décolla du sol. Alessandro tomba sur le tapis et ne se releva pas tout de suite, sonné par la violence du coup.

Isulka remit ses chaussures alors qu'Aslin relevait sa victime et l'asseyait sur une chaise. Il arracha alors la nappe d'une table voisine dont il bourra un morceau de manière grossière dans la bouche du pauvre Italien. Il saisit ensuite la main de l'infortuné et la posa sur la table. Ils se regardèrent, puis, d'un mouvement sec, Aslin cassa le pouce d'Alessandro. Le cri de ce dernier fut, pour la majeure partie, étouffé par le tissu.

L'homme de main recommença avec deux autres doigts. Isulka déglutit : on ne pouvait pas la prendre pour une petite nature, certes, mais elle se souvenait des menaces de Sir Ladd et n'avait guère envie d'un jour se retrouver à la place du petit marchand italien. Le pire n'était sans doute pas l'acte en lui-même, mais plutôt la facilité avec laquelle Aslin avait commencé à torturer le bougre.

— On va t'enlever ta nappe de la bouche. Si tu cries, je t'arrache la langue. D'accord ?

— Hummm hummm, répondit l'autre.

Il s'agissait probablement de l'affirmative, car Aslin lui retira effectivement le tissu et il ne hurla pas. En sueur et en pleurs, il se tenait les doigts, la mine déconfite.

— Scipione di Lucantoni ? demanda à nouveau la brute.

— Oui, oui, oui ! Je connais un Scipione di Lucantoni…

— Et il est venu te voir récemment ?

— Oui ! hurla l'homme, alors qu'Aslin lui effleurait le pouce.

Ce dernier lança un regard satisfait vers Isulka. Ils avaient vu juste en venant ici, et la piste du voleur se faisait plus tangible. La jeune femme fit un signe à Aslin et s'approcha d'Alessandro :

— Si vous connaissez Scipione, dit-elle, vous savez qu'il ne vaut pas que l'on perde sa chemise pour lui ; encore moins que l'on perde un œil ou le nez. C'est un bon à rien, un voleur et un traître. Vous ne direz pas le contraire ?

— Non, non, vous avez absolument raison…

— Vous êtes intelligent, Alessandro, vraiment. Et vous avez encore des années d'affaires fructueuses devant vous. En tout cas, si vous nous dites où se trouvent Scipione et son rubis.

— Très bien, très bien, Madame. Demandez juste à votre ami de… Ne me faites plus de mal, s'il vous plaît.

— Chut… Chut, ne vous tracassez pas, mon brave. Aslin est parfaitement dressé ; il ne vous fera rien à moins que je ne lui ordonne. N'est-ce pas, mon petit Aslin ?

L'homme de main lui jeta un regard amusé et montra les mains en signe de reddition. Alessandro soupira, soulagé de ne pas devoir souffrir davantage.

— Dites-moi tout, Alessandro.

Chapitre VII

Alessandro avait eu la bienveillance de leur indiquer un entrepôt sur les berges de la Seine, non loin de l'endroit où un certain Gustave Eiffel faisait bâtir la grande tour de fer qui défigurait Paris. Les lieux en question se situaient près des chantiers, totalement déserts une fois la nuit tombée. Une péniche était accostée et flottait mollement au niveau du dock, inaccessible depuis l'extérieur.

Le receleur avait également daigné leur dire que Scipione ne serait pas seul. Pour tout dire, il se trouvait même que l'Italien avait eu une cavale relativement courte avant de se faire rattraper par d'anciens ennemis de son pays. Bien qu'amplement mérité, il ne s'agissait pas d'une excellente nouvelle ; cela risquait de compliquer les choses, même si *a priori* certains desdits concitoyens étaient passés de vie à trépas pendant cet échange avec le voleur de bagues.

Toujours en habits du soir, Isulka et Aslin se tenaient devant la porte de nuit de l'entrepôt. Ils avaient dû se faufiler entre des barrières de bois, des caisses, du matériel de chantier et, plus généralement, un terrain peu carrossable lorsqu'on porte des talons de plusieurs centimètres. C'était finalement bienheureux que la jeune femme eût choisi une robe sombre et non blanche : les taches ne se verraient probablement pas avant le lendemain matin. Il n'en allait pas de même pour les déchirures, encore relativement rares, même si cela n'allait hélas pas durer.

Aslin frappa simplement à la lourde porte de métal, sous le regard ébahi de la mageresse. Ce n'était probablement pas la façon la plus discrète de procéder, mais le gaillard savait ce qu'il faisait. Le cas échéant, il en assumerait les conséquences.

Il ne fallut que peu de temps pour qu'un bruit métallique se fît entendre et que le petit guichet grillagé s'ouvrît vers l'intérieur. Isulka ne vit pas celui-qui se trouvait derrière, mais elle l'entendit s'entretenir avec Aslin.

— Vous voulez quoi ? demanda l'homme avec un accent italien prononcé.

— Est-ce que nous pouvons entrer ? répondit Aslin d'une voix faussement éméchée. Mon amie a une envie pressante. Elle a un peu trop bu, vous voyez…

— Dégagez.

Le guichet se referma.

— J'imagine que c'était prévu, lança la mageresse, un peu perplexe.

— T'en fais pas, ma jolie, c'est le plan !

Il commença alors à défaire sa ceinture et à baisser son pantalon, face à la porte close.

— Vous n'allez tout de même pas…

— Je vais me gêner.

Sans honte donc, Aslin soulagea sa vessie sur la porte pendant un long moment. Celle-ci semblait *a priori* aussi gonflée que le reste de son anatomie. Il se rhabilla sans se presser, avant de frapper de nouveau à la porte de son poing lourd. Le guichet s'ouvrit de nouveau et l'Italien s'exprima avec un énervement presque risible, faute une nouvelle fois à l'accent qui ne s'associait que mal avec des propos qui, dans tout autre contexte, auraient paru agressifs.

— Je vous ai dit de foutre le *campo*.

— Attends, je voulais juste m'excuser. Voilà, moi aussi, j'avais très envie et j'ai pissé sur ta porte.

— Vous avez pissé sur ma porte ?

— Oui. Je me suis dit que, de toute façon, t'étais habitué à ce qu'on te pisse dessus, avec ta tête d'abruti fini. Puis, ça masque un peu ton odeur de cochon, c'est pas plus mal. Tu devrais même me remercier d'ailleurs. Tu comprends ce que je dis au moins ? Toi comprendre moi ?

Pour réponse, une flopée d'insultes s'envola, en italien, mais résolument compréhensibles malgré la barrière linguistique, avant que la porte ne s'ouvrît avec fracas. Un homme sortit, les manches retroussées et visiblement prêt à en découdre avec Aslin. Le compagnon de la mageresse ne lui en laissa cependant guère le temps : il le saisit par le col et le tira d'un mouvement brusque vers lui. Le visage de l'Italien rencontra le front de l'homme de main dans un coup de tête d'une violence extrême. L'instant d'après, le pauvre bougre gisait sur le sol, le faciès en sang, assommé. Pour s'assurer que son inconscience dure plus longtemps encore, la brute logea un coup de pied vicieux dans le crâne de l'homme, qui ne se relèverait pas de sitôt, s'il se relevait tout court.

— Tu m'en voudras pas si je passe devant ? demanda Aslin à la jeune femme.

— Je ne m'attendais à aucune galanterie de votre part.

Isulka enjamba le corps de l'Italien blessé et suivit Aslin à l'intérieur de l'entrepôt. L'endroit était vide et silencieux ; l'homme qu'Aslin avait assommé était probablement seul à ce moment de la nuit. La brute ramassa un fusil posé contre un pilier et s'assura que l'arme était bien chargée. Ce signe ne trompait pas : les lieux n'étaient pas destinés à stocker des poutrelles de fer pour la grande tour. Ils avaient une fonction plus sombre ou, en tout cas, moins légale.

— Pas un chat, commenta Isulka. Vous leur avez fait peur avec vos grosses pattes.

— Soit ça, soit le marchand nous a menti.

— Alors là, mon cher, j'en doute. Vous lui avez collé une frousse telle qu'il doit déjà être en route pour Rome. Ou pour une guilde de tueurs à gage, au choix. En tout cas, il n'aura pas menti, je vous l'assure. Vous avez vu la péniche tout à l'heure. Je pense qu'on peut y accéder par la porte là-bas. Quel meilleur endroit pour garder une anguille comme Scipione ?

— La péniche ?

— Oui, le bateau tout plat amarré devant.

— D'accord, je vois. Une péniche, ça s'appelle ? Vous avez vraiment des noms compliqués pour tout, vous, les Français.

Ils traversèrent le bâtiment, relativement discrètement, et ouvrirent la porte donnant sur le quai. La péniche se trouvait bien là, dansant doucement au gré des vaguelettes de la Seine. Du matériel et des caisses gisaient ci et là sur le quai. Le tout était nimbé d'un silence inquiétant. Bien entendu, la passerelle était relevée et, s'il fut aisé pour Aslin de sauter à bord, les choses s'avérèrent plus compliquées pour la mageresse. Celle-ci jeta ses chaussures sur l'embarcation, se glaçant les pieds sur le quai gelé, avant de relever son manteau et sa robe pour sauter. Elle aurait fini à l'eau si la brute ne l'avait rattrapée au dernier moment.

— Rappelez-moi pourquoi nous ne nous sommes pas changés avant ?

— Nous n'avions pas toute la nuit. Vous ne pouvez pas dire merci au lieu de vous plaindre encore ?

— Vous me vouvoyez maintenant ?

Aslin fit un geste las de la main, tandis qu'Isulka remettait ses chaussures. Ce n'était pas la meilleure solution pour faire des pas de loup, mais il faisait bien trop froid pour rester nu-pieds. Aslin se rapprocha sans un bruit de la porte de fer donnant vers l'intérieur de la péniche et il appuya sur la poignée, verrouillée bien évidemment.

— Tu fais de la magie, non ?

— Hum oui, c'est le principe des mageresses.

— Tu peux ouvrir la porte ?

— Je ne suis pas sûre que vous saisissiez les nuances de la magie, mais dites-vous bien que si je pouvais ouvrir les portes d'un claquement de doigt, je n'aurais vraisemblablement pas eu besoin de travailler pour votre ami, Monsieur Ladd, car je serais déjà riche comme Crésus.

— Un simple « non » aurait suffi. Faisons autrement : mets-toi devant la porte et, quand je fais signe, fais du bruit.

— Pardon ?

— Je ne sais pas, tu n'as pas de problème à faire du bruit, d'habitude. On va s'en servir. Pour une fois que ton tapage aura une utilité !

— S'il s'agit d'une plaisanterie, elle n'est pas spécialement drôle.

Le jeune homme ne répondit pas. Il escalada la timonerie pour aller se placer juste au-dessus de la porte, arme en main. Ce n'était pas la meilleure cachette au monde, mais quelqu'un qui se déciderait à sortir par là ne le verrait pas immédiatement. Il ne restait plus qu'à espérer que quiconque se laisserait attirer dans ce piège ne déciderait pas de s'en prendre à la mageresse.

Aslin lui fit signe de s'atteler à la tâche.

— Hey ! Hey, y'a quelqu'un ? demanda-t-elle sans grande conviction.

Rien ne se passa, bien sûr. Elle avait juste l'air ridicule. Le gaillard lui fit signe de recommencer, le fusil toujours entre les mains. Elle regarda aux alentours : les lieux paraissaient toujours aussi vides, qu'il s'agît des berges, des docks ou des rues attenantes : il n'y avait personne. C'était là le moment idéal pour échapper à tout témoin.

Elle enleva son gant droit et posa la main à même la porte. Elle laissa son esprit vagabonder et répondre à l'appel qui brûlait toujours quelque part en elle, aux abords de son inconscient. Elle libéra une à une les nombreuses barrières qu'elle dressait le reste du temps entre elle et la puissance qui toujours menaçait de l'engloutir et laissa libre cours aux énergies qui ne demandaient qu'à se déverser dans le monde, à travers elle. Libérer la magie ne se révélait jamais compliqué pour Isulka, la difficulté résidant plutôt dans le fait de contenir celle-ci.

La chaleur se fit intense, le métal commença à devenir rouge, puis blanc, avant que, d'un coup, l'air lui-même s'embrasât et se déchirât. La porte vola en éclats ou plutôt disparut dans un vacarme assourdissant, tout comme le reste de la timonerie. Les fenêtres explosèrent et projetèrent du verre fondu sur le pont et dans la Seine. La barre, pourtant en métal, s'enflamma et se déforma, pliant et se tordant avec une déconcertante facilité. Les supports du toit disparurent, leurs joints dévorés et le métal détruit.

Les flammes se jetèrent et dévorèrent tout, avant de s'engouffrer par les escaliers vers les tréfonds du bateau avec une voracité effrayante, appelées par l'air en une boule de feu aussi ardente que le cœur d'un volcan.

Un épais brouillard se leva, réaction entre le glacial de l'hiver et le brûlant d'Isulka. La toiture de la timonerie s'était effondrée, Aslin avec, et une fumée noire sortait à présent par les écoutilles et les escaliers. On entendait les cris d'hommes surpris et effrayés qui cherchaient probablement à éteindre les flammes. Le tout n'avait pas duré plus de quelques instants, mais avait eu l'effet d'une explosion dévastatrice, heureusement sans témoin.

Aslin se releva, l'air hagard, et les vêtements, comme les cheveux, fumants. Les flammes n'avaient pas pulvérisé le toit, heureusement pour lui, mais il avait eu très chaud. La mageresse haussa les épaules et lui désigna la petite cage d'escalier :

— Après vous.

Après tout, il avait demandé une diversion. Il aurait été malvenu de se plaindre de l'avoir obtenue.

Chapitre VIII

Alfonso et ce qu'il restait de sa troupe finalisaient leur départ prochain pour Venise. Ils avaient tous l'air fatigué et plutôt las, bien qu'apparemment soulagés de bientôt quitter Paris. L'affrontement avec le spadassin leur avait coûté cher et, si la plupart avaient survécu, ils étaient dans un état presque aussi piteux que leur prisonnier, entre les blessures infligées par sa lame et quelques os brisés.

Scipione n'en menait pas large pour autant, assis sur une chaise, l'épaule gauche bandée et les mains liées dans le dos. Il s'était réveillé quelques heures plus tôt dans cette même petite salle grise au mobilier restreint. Sa blessure lui faisait toujours un mal de chien, mais, *a priori*, il n'avait rien de cassé. Ressentir la douleur ne lui plaisait pas outre mesure, loin de là, mais c'était de loin préférable à ne plus rien ressentir du tout.

Ses concitoyens n'avaient pas été rassurés de le voir reprendre conscience. Scipione s'était bien retenu de parler et laissait planer une sourde menace, le regard noir et les traits concentrés. Alfonso avait bien essayé de plaisanter pour rassurer ses hommes, mais leurs blessures restaient trop récentes pour qu'il n'arrachât autre chose que des rires gênés.

Sur la table se trouvaient des armes, y compris la rapière de Scipione, ainsi que des cartes, pièces d'identités et petites liasses de billets. Il n'était pas si facile de passer la frontière lorsqu'on transportait un otage blessé par balles, ce qui expliquait certainement le fait qu'ils fussent encore à Paris. Scipione avait conclu assez rapidement qu'ils se trouvaient dans une embarcation, vraisemblablement sur la Seine. Ou alors il avait pris un vilain coup à la tête et était à présent sujet à des vertiges.

— On fait quoi avec la bague, chef ? demanda un des hommes que l'Italien avait blessé au cours de leur bataille.

— Pour l'instant, on la garde. Signore Delmonte saura se montrer généreux si on la lui rapporte.

Scipione cracha sur le sol, attirant l'attention de ses geôliers. Instinctivement, tout le monde se raidit, avant qu'Alfonso ne répondît à son ancien ami :

— Un problème, prisonnier ?

— Il ne vous a pas dit ? Elle vaut plus de cent mille francs, cette babiole. Vous pensez vraiment que Delmonte vous en donnera autant ? Si c'est le cas, vous êtes aussi stupides qu'Alfonso, ce qui relèverait du miracle.

— Tu te fous de nous, dit l'un des hommes. Tu vas nous faire croire qu'elle vaut autant ?

— Pas à Venise, non. Mais ceux qui la veulent sont prêts à allonger la monnaie. Vous êtes payés combien pour tout ça ?

— Je te conseille de te taire, menaça Alfonso.

— Ah ! Je vois. Tu comptes la négocier un bon prix, mais

devant tes gars, tu dis qu'elle ne vaut rien. Pas très franc-jeu, mais rentable.

Alfonso se leva et frappa Scipione au visage, le faisant tomber avec sa chaise sur le sol métallique. Le choc se répercuta dans toute l'épaule de l'Italien et manqua de le faire s'évanouir.

— Je t'avais dit de te…

Alfonso n'eut pas le loisir de terminer sa phrase : l'embarcation entière s'ébranla comme frappée par un séisme terrible. Les parois tremblèrent et la table ainsi qu'une armoire s'écroulèrent avec vacarme. Un souffle ou plutôt une tempête brûlante se déversa dans la pièce et Scipione se sentit projeté contre l'une des cloisons avec une force si grande qu'il perdit connaissance durant quelques secondes.

Il rouvrit les yeux : le sol et les murs étaient à présent noirs et rouges, aussi chauds que de la braise ardente. Les quelques meubles qui avaient occupé la cabine brûlaient et libéraient une fumée épaisse, étouffante. Deux des hommes gisaient sur le sol, l'un d'entre eux visiblement mort, alors que l'autre se tenait le visage à moitié calciné, fou de douleur. Le souffle de ce qui devait être une explosion avait projeté de nombreux débris de ferraille et de bois qui jonchaient à présent le sol.

Scipione avait l'esprit vif : il essaya de se lever, sa chaise ayant volé en éclats sous le choc. Ses bras étaient meurtris et des échardes s'étaient logées un peu partout dans ses mains et ses poignets, mais il respirait encore. Être étendu au sol quand la déflagration avait eu lieu lui avait peut-être sauvé la vie.

Du coin de l'œil, il vit Alfonso saisir quelque chose par terre et s'en aller en boitant. Il tenta de le suivre, mais son équilibre se révéla encore fort précaire et il tomba à genoux. La bague : ce devait être la bague qu'il avait ramassée. Rien d'autre n'avait de valeur suffisante pour provoquer une telle précipitation au sein du chaos environnant.

Scipione entendit des voix et une silhouette entra par la seconde porte, celle d'où était venu le souffle. Il ne cacha pas sa surprise en reconnaissant le garde du corps de son ancien employeur anglais, celui qui avait l'air d'un tueur. L'homme posa son regard sur lui, bien déterminé à user de violence. Derrière lui se trouvait la rouquine qu'il avait délestée du bijou la veille. Elle le reconnut, malgré son état pitoyable, et le fusilla du regard. Visiblement, ses anciens partenaires ne venaient pas pour le tirer d'affaire.

Par chance, deux Italiens choisirent ce moment pour entrer dans la salle par la porte qu'Alfonso avait empruntée. Ils se retrouvèrent face à la brute, arme au clair, prêts à en découdre. Scipione leur cria alors dans leur langue :

— Occupez-vous d'eux !

Les deux hommes n'hésitèrent plus davantage et s'avancèrent vers Aslin, n'ayant absolument pas réalisé qu'ils suivaient les ordres de leur prisonnier. Scipione en profita pour ramasser son arme qui avait miraculeusement survécu au choc et passer par l'ouverture que les deux rigolos avaient laissée.

Il s'élança à la poursuite d'Alfonso.

Il arpenta la péniche aussi rapidement qu'il le pouvait compte tenu de l'état de celle-ci. Il ignorait toujours ce qui avait pu créer un tel chaos en aussi peu de temps. Il traversa une large cale remplie de caisses avant d'atteindre une échelle en métal qui donnait sur une trappe ouverte, un peu plus haut.

Il l'escalada, malgré son épaule qui le piquait vivement à présent, avant de se hisser sur la proue. Ce fut alors qu'il se rendit compte de l'état de dévastation de l'embarcation : l'explosion avait eu lieu au niveau de la cabine du timonier qui avait été soufflée. Les flammes s'étaient ensuite répandues dans un incendie de plus en plus intense et, lentement mais inexorablement, le bateau coulait.

Une silhouette se détacha sur le quai, pleinement visible grâce aux flammes. Scipione hurla alors :

— Alfonso !

Le fuyard s'arrêta un instant et ils échangèrent un regard comme l'on croise le fer. Scipione prit son élan et franchit l'espace entre le bateau et le quai avec sa célérité presque retrouvée. L'autre ne l'attendit évidemment pas et pénétra dans l'entrepôt, aussi rapidement qu'il le pouvait avec sa jambe meurtrie.

Le spadassin n'était hélas pas non plus au mieux de sa forme, récemment sorti de plusieurs heures d'inconscience et toujours blessé. Il serra la garde de son arme de sa main droite, la gauche n'étant hélas pas encore en état de combattre.

Il entra à la suite de son ennemi dans l'entrepôt et le poursuivit de l'autre côté, en dehors des quais. Le froid lui griffait à présent le visage et le corps, bien trop peu vêtu. Alfonso se trouvait au milieu d'un terrain vague, entre la Seine et la gigantesque tour de fer toujours en construction. L'homme se retourna, et Scipione eut cette fois le réflexe de se coucher avant que son ennemi fît parler la poudre dans le silence de la nuit.

Il tira ainsi plusieurs fois, forçant Scipione à se mettre à l'abri pendant que lui-même s'éloignait. Le spadassin se releva après un silence prolongé et continua sa poursuite, le dos courbé et le corps près du sol pour ne pas offrir de cible trop facile. Il arriva rapidement devant le chantier de la tour qui s'élevait tel un monstre de métal inachevé, soutenu par des échafaudages de bois aussi grands que les piliers eux-mêmes, car seules les fondations de ce qui deviendrait plus tard un gigantesque édifice étaient posées. Elles s'élevaient tout de même à une quarantaine de mètres de hauteur.

Il vit alors un garde de nuit s'en prendre à Alfonso, à environ vingt-cinq mètres de distance. Grand mal lui prit : l'assassin italien transperça le corps de l'homme avant d'entrer dans la zone à l'accès réservé. Scipione l'y suivit, fermement résolu, sans même accorder un regard au mourant.

— Alfonso ! Tu comptes t'enfuir jusque dans les jupes de ta mère ?

L'Italien se fatiguait. Il avait froid et sa blessure avait recommencé à saigner. S'il ne finissait pas bientôt ce qu'il était venu faire, les choses tourneraient probablement mal pour lui. Par chance, c'était également le cas pour l'autre homme qui sortit des ombres, boitant de la jambe que Scipione avait frappé lors de leur duel.

Armé de sa propre rapière et d'un revolver, il écarta les bras, un sourire forcé sur les lèvres :

— Tu as raison, Scipione. Arrêtons de courir. Comment va ton épaule ?

— J'ai déjà vécu pire, merci. Et ta jambe ? Je pensais l'avoir brisée, mais j'ai dû manquer la rotule.

— J'ai également vécu pire, mon ami, merci pour ta sollicitude. Bel endroit pour mourir, tu ne penses pas ?

— Ta mort n'aura rien de beau, Alfonso. Mais je dirai à Maria que tu es mort comme un homme.

Alfonso sourit, avant de pointer son revolver dans la direction de Scipione. Ce dernier se raidit et adressa une prière au Tout-Puissant, prêt à embrasser la mort s'il le fallait. Il se mit en garde, lame en avant et attendit que son ennemi agît.

Celui-ci hésita, avant de finalement baisser l'arme à feu. On ne pouvait pas qualifier Alfonso d'honorable, mais il n'était pas lâche pour autant. S'il tuait son maître de la sorte, jamais il ne le dépasserait et cela, aucun vrai bretteur digne de ce nom n'aurait pu le tolérer.

Les deux hommes se rapprochèrent, arme à la main, sans pour autant se lancer dans le combat. Scipione n'était pas au mieux de ses capacités et ne pouvait se battre en gaucher ni même avec sa dague, ce qui lui enlevait l'avantage d'années d'expérience dans son style de prédilection. Alfonso devait lutter à chaque pas contre la douleur qui lui paralysait le genou et, si cela ne l'avait pas empêché de détaler comme un lapin un peu plus tôt, la pression que l'on exerçait sur les jambes lors d'un duel n'avait rien à voir avec une course.

Une neige sale tombait autour d'eux. Leur souffle était à peine visible dans la nuit sombre et glaciale. Les lampadaires ne diffusaient que peu de lumière au-delà des barricades du chantier et les plongeaient dans la pénombre. Finalement, s'ils n'étaient pas aveugles, ils le devaient à la péniche en flammes qui diffusait une chaude bien que faible lueur dans le dos de Scipione.

Un clairon se fit entendre au loin. Vraisemblablement les sapeurs-pompiers qui s'organisaient pour aller éteindre l'incendie. Cela signifiait également que les autorités ne tarderaient pas à arriver et qu'il fallait en finir le plus rapidement possible.

Scipione fut le premier à frapper : vif comme l'éclair, il se fendit en avant d'une pointe qui fila vers le visage de son adversaire. Celui-ci para, mais déjà, le spadassin revenait à la charge. Il feinta à droite, frappa à gauche, se dégagea, para et contre-attaqua en visant la cuisse de son ennemi, qui en réchappa plus par chance que par talent. Chaque coup porté visait un organe ou une partie sensible, voire mortelle.

— J'ai été bon professeur, Alfonso.

Alfonso quitta la défensive et tenta l'une de ses bottes, mais Scipione s'était prestement reculé et l'autre ne parvint pas à suivre, sa jambe trop meurtrie pour une telle manœuvre.

— Pourquoi chercher des frappes longues dans ton état ? Tu dois te concentrer sur une défense active : parer et frapper.

Pour accompagner les mots, il repassa à l'offensive. Ses coups précis et violents forçaient l'autre bretteur à reculer, pas à pas. Il ne trouva cependant pas de faille suffisante pour s'engouffrer. Alfonso se montraient excellent, lorsqu'il ne perdait pas son sang-froid, et il avait choisi ce soir pour se battre avec sa tête.

Scipione dut parer un ample mouvement au visage et prit un coup de pied dans le ventre, pas assez puissant pour le faire tomber cependant. Alfonso le força à reculer d'un autre mouvement sauvage, avant de grimper sur un morceau d'échafaudage, pour gagner l'avantage de la hauteur.

Le spadassin suait à grosses gouttes, à présent. Le bandage qu'il portait ne parvenait plus à contenir le sang qui détrempait peu à peu sa chemise, le gênant dans ses mouvements et lui rappelant que cette blessure pourrait l'achever avant la fin de la nuit.

Il grimpa à la suite de son adversaire tout en esquivant de justesse une attaque au torse avant de repartir à la poursuite d'Alfonso. Ce dernier gravissait les marches le plus rapidement possible, tenant Scipione à distance entre chaque étage de la structure. Tant qu'il se trouvait en hauteur, il donnait des coups puissants qui, à défaut de précision, épuisaient son ennemi à chaque impact. L'exiguïté rendait le duel très physique, ce qui était tout au désavantage de Scipione.

Pourtant, celui-ci ne faiblit pas et, malgré l'épuisement qui le gagnait, continua de monter. Chaque parade lui coûtait, mais son ennemi ne pourrait pas aller plus haut que le sommet. Il tint bon, la chemise à présent plus rouge que blanche, attendant l'opportunité qui finissait toujours par se présenter.

Celle-ci tarda, mais vint finalement, à dix mètres de hauteur, soit très loin encore du haut de l'échafaudage : Alfonso glissa sur le bois gelé, par malchance ou par précipitation, difficile à dire. Il se rattrapa trop tard pour éviter une fente en avant de Scipione et la lame de son ancien maître lui déchira la joue sur toute la longueur. Il hurla de douleur, son cri résonnant dans la nuit noire. Il abattit malgré tout son arme dans un coup vain que Scipione bloqua et dégagea. Fou de rage, il se jeta sur le bretteur de tout son poids et le heurta de son épaule.

Ils dégringolèrent tous deux dans les escaliers de fortune sur près de deux mètres. Scipione, le souffle coupé et l'épaule parcourue d'une vive douleur, recula en rampant. L'autre homme prit sa lame à deux mains — ô hérésie de l'escrime — et assena un coup de pommeau dans les côtes de son compatriote de toute sa force. Celui-ci jura et porta un coup de la garde, heurtant Alfonso à la mâchoire du côté où il avait été touché. Le pauvre en lâcha sa rapière qui roula sur le bois avant de tomber dans le vide.

Les yeux injectés de sang, le souffle rauque, les veines saillantes, Alfonso répondit par un coup de poing vicieux à l'épaule de Scipione qui émit un râle de souffrance. Il aurait défailli sans l'adrénaline qui se déversait à présent dans ses veines. Il ne s'agissait plus d'un duel, mais d'un affrontement à mort entre deux animaux acculés qui n'avaient plus rien à perdre. Il allait donner un nouveau coup de pommeau quand Alfonso lui agrippa les poignets de toutes ses forces, cherchant à le faire lâcher prise. Scipione lui porta un violent coup de genou, mais qui ne produisit pas l'effet escompté. Plus par instinct que par préméditation, il mordit à pleines dents les mains ensanglantées de l'autre homme qui, surpris, le lâcha. Les mains libres, Scipione mit toute sa force dans un nouveau coup avec la garde qui heurta son ennemi à la tempe. Il saisit sa chance et le frappa une fois, deux fois, trois fois…

Bientôt, Alfonso n'était plus qu'un corps au faciès méconnaissable. Scipione fit rouler l'homme sur le dos, vainqueur, mais dans un état plus que lamentable. Son adversaire vivait encore, mais de peu. Un dernier regard au visage de celui-ci et Scipione se défit de l'idée de l'achever : sa vengeance serait mieux servie si Alfonso survivait avec ce faciès, marqué et humilié à vie, que s'il mourait maintenant.

Le spadassin lui fit rapidement les poches et trouva la bague qui lui avait tant coûté, habillée d'une petite boîte de velours. Après tout, il l'avait bien gagnée ! Ne restait qu'à descendre et disparaître avant de se faire rattraper par Aslin et Isulka.

Chapitre IX

Quelques minutes plus tôt.

Après s'être relevé de la timonerie détruite, Aslin passa devant Isulka, sans un mot quant à sa démonstration de pouvoirs. Elle s'était attendue à un compliment ou à de l'énervement, mais le silence se montrait plus inquiétant encore.

Elle le suivit néanmoins.

Les dégâts que le sortilège de la mageresse avait provoqués se révélaient plus visibles qu'elle ne l'aurait d'abord imaginé. Elle et Aslin venaient de descendre à l'intérieur d'un monstre de métal blessé et brûlant, jonché de débris en proie aux flammes. L'agonie du bateau était visible, mais également audible : Isulka entendait le crissement de la coque et des machines ainsi que les cris des hommes qui luttaient contre l'incendie naissant.

Leur progression n'en fut pas facilitée pour autant. Après avoir traversé une première petite coursive, ils pénétrèrent dans les cuisines où deux hommes frappaient de leurs vêtements des flammes grandissantes. Les pompiers improvisés furent surpris de l'arrivée impromptue d'Aslin et Isulka, mais ils se reprirent très vite. L'un d'entre eux dégaina un revolver et l'autre une épée fine et longue.

Isulka franchit prestement le pas de la porte en sens inverse et laissa l'homme de main de Ladd s'occuper des deux gaillards. Après tout, on ne la payait pas pour mourir. Aslin braqua le fusil – Isulka, ne voyant que la moitié de la pièce depuis sa cachette, n'aurait su dire sur qui – et tira dans le même élan. Elle entendit un râle de douleur et un bruit sourd. *A priori*, il avait abattu celui qui brandissait l'arme à feu, car elle vit son coéquipier parer un coup de rapière avec son fusil et échapper de justesse à la perte d'un œil. Aslin tenta de contrer de la crosse et toucha le vide avant de sortir du champ visuel d'Isulka.

Celle-ci se pencha, la curiosité l'emportant finalement sur la prudence : les deux hommes se faisaient face, trop près l'un de l'autre pour qu'Aslin pût viser et tirer. Son adversaire tentait de le toucher de la pointe de sa lame par des coups agiles, mais timides, vraisemblablement à cause de l'exiguïté des lieux.

Un troisième homme choisit ce moment pour entrer avec précipitation dans la pièce par la porte opposée. Armé de deux seaux d'eau, il pensait certainement devoir affronter les flammes, et non un colosse. Il ignora bien entendu Isulka qui, dans ses habits de princesse, ne constituait pas pour lui une menace immédiate. L'épéiste, quant à lui, crut pouvoir profiter de la distraction pour se fendre en avant mais Aslin se décala à temps et contra d'un coup de crosse violent qui percuta le visage de l'homme. Celui-ci, sonné, tomba en arrière avant de se rattraper *in extremis* sur le rebord d'un évier. Le compagnon de crime d'Isulka s'apprêtait à finir ce qu'il avait commencé quand le contenu d'un des seaux lui fut projeté au visage.

Son ennemi s'engouffra dans ce qui se révéla cette fois une vraie diversion et le blessa à l'épaule, encore trop déséquilibré lui-même pour infliger autre chose qu'une estafilade. Aslin maugréa et, dans une colère noire, cogna celui qui avait osé le toucher avec une force qui manqua de briser le fusil. Le pauvre à l'autre bout de la crosse s'écroula contre une étagère d'ustensiles, la mâchoire fracassée. Le guerrier au seau récidiva quand Aslin tourna son attention vers lui, avant de lancer le récipient vide au visage de la brute.

Il tenta ensuite de s'enfuir, mais Aslin, rapide comme un félin, le rattrapa et l'assomma d'un joli coup à l'arrière du crâne. Il se retourna alors vers Isulka :

— Prenez une des armes et suivez-moi. La prochaine fois, vous me prêterez main forte.

— Vous sembliez tellement bien avoir les choses en main !

— Je ne plaisante pas.

En effet, sa blessure, à moins que ce ne fût le fait d'être détrempé, lui avait ôté tout sens de l'humour, et la mageresse pressentit qu'il valait mieux éviter de lui répondre. Elle s'en mordit les lèvres de frustration et alla ramasser l'arme qui avait fait couler le sang d'Aslin. À sa surprise, bien que très effilée, la rapière était tout sauf légère. La manière d'en faire usage demeurait un mystère entier, mais elle se résigna à suivre son équipier sans se plaindre davantage.

La porte suivante donnait sur une pièce un peu plus grande, dans un état tout aussi délabré. Ce n'était pourtant pas la table renversée, les documents qui parsemaient le sol ou les corps de deux Italiens qui attirèrent son attention. Non, ses yeux se posèrent sur Scipione qui était en train de se relever. Le visage de Scipione marqua une surprise non dissimulée à leur vue, et elle lui promit silencieusement une vengeance aussi lente que terrible.

Elle n'eut cependant pas l'opportunité de mettre à exécution sa menace non verbale, car deux spadassins choisirent ce moment précis pour entrer et faire face à Aslin dans un silence tendu. Scipione, vif d'esprit, leur donna un ordre qu'Isulka ne comprit pas. Ironie de la situation, les tortionnaires du voleur s'en prirent en conséquence aux ennemis de celui-ci. La mageresse aurait éclaté de rire, si elle n'avait été l'une des cibles en question. Par chance et bien qu'armée, elle se fit une nouvelle fois oublier par les hommes qui n'auraient pas imaginé un instant que s'ils étaient en train de couler, elle s'en trouvait responsable. Ils dégainèrent et se jetèrent de concert sur Aslin.

La jeune femme laissa tomber sa rapière, remonta jupe et jupons et contourna les guerriers promptement, en longeant les parois. Aslin jura et l'interpella, mais ne put l'arrêter. Elle se lança à la poursuite de Scipione, abandonnant l'homme de Ladd à son sort.

Elle suivit le spadassin comme elle put sur le pont de la péniche, se surprenant à espérer qu'Aslin survécût à son combat. Beaucoup avaient péri ce soir pour une simple bague, et l'idée d'y avoir sa part de responsabilité lui nouait l'estomac.

Elle se gifla.

— Reprends-toi, se dit Isulka. Tu culpabiliseras quand tu seras riche et à l'abri.

Elle repéra l'Italien au niveau de l'entrepôt, avant qu'il ne disparût dans celui-ci. Il avait l'air pressé, mais ne semblait pas particulièrement intéressé par ce qui se passait derrière lui, comme si ce n'était pas le fait d'être poursuivi qui l'animait, mais quelque autre obscur dessein.

Comme pour monter sur la péniche plus tôt, la jeune femme jeta ses chaussures sur le quai qui devait bien se trouver à deux mètres du bateau. Elle se rapprocha du vide, contemplant l'eau glacée et noire de la Seine. Ce n'était pas un saut énorme, mais sa tenue n'était pas des plus adaptées aux épreuves physiques et, surtout, il n'y avait personne pour la rattraper, cette fois. Le souffle court, elle prit néanmoins son élan. Sous ses pieds à présent nus le métal paraissait tiède, presque chaud, preuve que sa magie avait engendré plus qu'une simple déflagration.

Elle courut et sauta, concentrée comme jamais. Elle se réceptionna du mieux qu'elle put et évita une chute lamentable, même s'il s'en fallut de peu. Elle remit ses chaussures et se dirigea à la suite du jeune Italien avec l'espoir que celui-ci ne l'attendît pas l'épée à la main. L'idée lui avait en effet paru judicieuse de partir à sa poursuite, mais elle ignorait ce qu'elle ferait en cas de confrontation. Certes, elle lui en voulait, mais de là à user de sa magie contre lui ?

Isulka retrouva la piste de Scipione plus aisément qu'elle ne l'aurait pensé. Il fallait dire que le son des armes et les cris de combat se reconnaissaient dans la nuit. Elle s'était approchée du chantier d'où venaient les bruits, discrètement, le cœur palpitant. Un homme mort en habits de garde de nuit gisait sur le sol, une plaie béante au ventre. La jeune femme détourna les yeux et se décida malgré tout à avancer, prête à prendre la poudre d'escampette en cas de danger. À l'intérieur du chantier, elle surprit Scipione et un autre homme qui se battaient dans la pénombre avec une férocité et une détermination effrayantes. Elle avait vu Aslin lutter pour sa vie, mais là, il s'agissait de quelque chose de différent, de plus viscéral. Les duellistes se haïssaient.

Un instant, elle se demanda s'il ne serait pas plus sage de renoncer à la bague et à l'argent et de disparaître. Ce ne serait ni la première ni la dernière fois, mais repartir de rien exigeait beaucoup d'énergie et une volonté sans faille. Cela demandait aussi de la chance et des opportunités, deux éléments sur lesquels elle pouvait difficilement compter. Elle aurait aussi pu se contenter d'attendre l'arrivée d'Aslin, si toutefois il vivait encore, mais cela impliquait d'autres conséquences. Après tout, elle l'avait abandonné et trahi, ce qu'elle assumait pleinement, mais ce qui rendait une hypothétique réunion problématique.

Isulka était cependant souvent assistée par Dame Fortune, et la situation se débloqua d'elle-même lorsque les deux guerriers se décidèrent à grimper les échafaudages de la tour de fer. Sur le sol reposait en effet un revolver bien visible, probablement abandonné là par l'un d'entre eux. Elle se rapprocha doucement, les mains tremblantes à l'idée que l'un ou l'autre ne décidât de s'occuper d'elle. Mais ils l'ignorèrent royalement et continuèrent de se mutiler pendant qu'elle s'armait. Elle vérifia le barillet pour compter les balles qui, malheureusement, étaient au compte de... une...

Dame Fortune avait de l'humour, assurément.

Chapitre X

Scipione tempêta intérieurement lorsque ses yeux se posèrent sur Isulka. Il jura à voix haute quand il remarqua l'arme qu'elle brandissait dans sa direction, avant de descendre la dernière série de marches, un sourire fatigué aux lèvres.

— Mademoiselle, quel plaisir de vous voir en forme, mentit-il.

— Le plaisir risque hélas d'être de courte durée, Scipione. Vous voilà dans un piteux état, laissez-moi vous le dire.

— J'ai connu des jours meilleurs, en effet. Vous, par contre, êtes resplendissante comme jamais.

— Le compliment me va droit au cœur.

Il s'assit sur les marches, sa rapière posée sur les genoux, le visage certainement extrêmement pâle, entre le combat et le sang qu'il avait perdu. Qu'aurait-il donné pour un bon lit et une jeune femme pour prendre soin de lui…

— Une question, Scipione…

— Je vous en prie.

— Pourquoi portez-vous ces antiquités, vous et vos amis ?

— Des antiquités ? La rapière vous voulez dire ?

— La rapière, oui. Je pensais qu'il s'agissait d'une lubie qui vous était propre, mais un Italien sur deux que j'ai croisé sur la péniche en était muni. Cela fait vieux jeu.

— Vous avez raison, Isulka. C'est là l'héritage d'un autre âge, un âge où l'honneur se défendait avec finesse et dans les règles *dell'arte*. Pour tout vous dire, même dans ma douce Venise, j'étais l'un des derniers à porter ce genre de lame.

— Une lubie, donc. Mais pourquoi eux ?

— Vous voyez le petit gars là-haut ? Je lui ai appris à se battre. Disons qu'il a au moins gardé le style, à défaut du reste.

— Je vois. Et je comprends mieux pourquoi il voulait à ce point vous faire la peau : il vous connaissait.

— Allons donc, suis-je aussi détestable ?

— Vous m'avez abandonnée sans vous retourner, dit-elle calmement. J'aurais pu me faire voler, me faire tuer ou pire encore. Après, vous me parlez d'honneur ? Et ensuite, vous vous étonnez que vos anciens amis souhaitent votre mort ? Je vous ai connu un soir, un seul soir, et déjà je n'ai pour désir que de vous arracher la peau, de vous crever les yeux, de briser vos os un par un, de vous tirer les cheveux et de vous démembrer.

La jeune femme s'était exprimée sans s'emporter. Scipione, uniquement concentré sur la bague, n'avait en effet pas pensé aux conséquences de son abandon. Elle aurait pu très mal finir, inconsciente dans un bar, d'autant plus dans une tenue de cabaret. Cela avait même paru amusant sur le coup, de bonne guerre, mais ce n'était effectivement pas très honorable de sa part.

— Je vous présente mes excuses. Je suis content que rien ne vous soit arrivé.

— La bague, s'il vous plaît.

Vaincu, Scipione sortit la petite boîte qu'il avait reprise à Alfonso et la jeta aux pieds d'Isulka. La jeune femme se baissa et la saisit, ne le quittant des yeux qu'une seconde. Cela eût sûrement été suffisant pour qu'il la désarmât ou la tuât, s'il avait été en grande forme. Ce n'était hélas définitivement pas le cas. Elle ouvrit le petit contenant et saisit l'anneau qu'elle passa à son doigt comme la première fois, mais à même la peau, avant de fermer les yeux, comme si elle appréciait la victoire.

Elle se reprit vite, cependant.

— Je ne voudrais pas que vous me suiviez là où je vais.

— Vraiment ? N'avez-vous pas accepté ma bague ? Usuellement, c'est un signe indéniable de rapprochement quand une belle jeune femme se fait offrir un bijou de qualité par un gentilhomme.

— Un gentilhomme ? Si vous en voyez un, présentez-le-moi sans hésiter.

— Vous me blessez, Isulka. Donc, vous comptiez vous débarrasser de moi ?

— Oui, tout à fait. Me débarrasser de vous... Le terme est plutôt bien choisi.

— Merci, vous flattez mon français.

— Je vous en prie. Je vais me montrer magnanime, même si vous ne le méritez guère, et vous laisser le choix de la manière dont vous débarrasserez le plancher. Vous pouvez enlever vos chaussures et les jeter derrière l'échafaudage ou je peux vous tirer dans le genou. Sachez juste que je vise extrêmement mal.

— Vous appelez ça un choix ?

— Un choix limité, peut-être, mais pas inexistant. Vous m'excuserez, il se fait tard, je suis fatiguée, et mon imagination est peut-être moins prolifique qu'à l'accoutumée.

Scipione soupira, puis se baissa, douloureusement, afin de défaire ses lacets. Il se délesta ensuite de ses chausses, les pieds à présent nus sur le sol glacé.

— Parfait, Scipione. Maintenant, si vous vouliez bien faire glisser votre arme vers moi.

— Bien sûr.

— Merci. Maintenant levez-vous et déshabillez-vous.

— Pardon ?

— Enlevez votre ceinture, votre pantalon, votre chemise et vos dessous. Considérez que ce signe d'humilité fait partie intégrante de vos excuses.

— Puis-je au moins me retourner ?

— Vous n'avez rien à cacher, si ?

Il s'exécuta, sous les yeux de la belle rousse qui ne le lâcha pas du regard. Était-ce par précaution ou par vengeance, il n'aurait su le dire, mais il s'était rarement senti aussi vulnérable. Il émit un petit râle de douleur en enlevant sa chemise imbibée de sang, mais s'exécuta tout de même. Bientôt, il sentit le froid mordant lui glacer les os, transi et humilié. D'habitude plein de verve, aucune plaisanterie ne lui vint à l'esprit, et il se contenta de regarder le sol.

— Inutile de tirer cette tête-là. Je ne me laisserai pas attendrir, soyez-en sûr. Maintenant, si vous vouliez avoir l'amabilité de jeter vos effets dans ma direction, je vous en serais reconnaissante.

Il s'exécuta, tremblant, avant de cacher son entrejambe. Elle ramassa sa tenue et son arme avant de reculer, lui faisant toujours face.

— Parfait. Disons que nous sommes quittes, qu'en pensez-vous ?

— C'est vous qui avez la bague.

— J'ai gagné, certes, mais ne vous montrez pas mauvais perdant. D'ailleurs, tenez, ce n'est à présent plus une affaire personnelle de mon côté. Considérez-moi vengée. Cela vous va ?

— Vous avez aussi ma rapière.

— Simple précaution ; je vous la ferai renvoyer dans les plus brefs délais. Vous séjournez à l'hôtel ?

— Au relais Saint-Vincent. Chambre 32.

— Parfait. Alors, nous sommes en paix ?

— Très bien, très bien. Ce n'est pas comme si j'avais le choix ?

— Le choix, on a toujours le choix. Allons, ne roulez pas des yeux de cocker triste, mon ami. Vous avez joué et vous avez perdu. Qui ne risque rien n'a rien, n'est-ce pas ? Soyez d'ailleurs heureux que je vous aie trouvé, moi. Contrairement aux autres parties impliquées, je ne suis pas une tueuse endurcie. Maintenant, si vous pouviez partir dans l'autre direction, ce serait parfait.

Scipione se dirigea vers l'entrée du chantier, perdant de vue Isulka qui partit très certainement de l'autre côté.

⁂

Il passa devant le corps du gardien tué par Alfonso et son regard se posa sur le bateau en proie aux flammes, flammes qui à présent montaient haut dans le ciel et embrasaient les nuages. Tout aurait pu s'arrêter là : il avait goûté à la vengeance en défigurant son ancien bras droit et, même s'il avait perdu la bague, c'était sans prix. Certes, il lui faudrait trouver une somme d'argent considérable s'il voulait retourner en Italie et régler son compte à Delmonte, mais d'autres occasions viendraient. Isulka ne l'avait pas tué et il pourrait se refaire. Un plan peut-être pas idéal, mais pas catastrophique non plus.

— Monsieur di Lucantoni ?

Une voix d'homme provenait de derrière lui. L'accent ne sonnait ni français ni italien. Le spadassin nu répondit, l'humour presque retrouvé :

— Vous m'excuserez si je ne me retourne pas.

— Où est la bague ?

— Vous êtes la deuxième personne à me le demander ce soir. Malheureusement, je ne pourrai pas vous donner la même réponse qu'à la première.

Un violent coup à l'arrière du genou le fit tomber sur le sol froid avec un juron. Il se serait retourné s'il n'avait senti le bout d'un canon contre sa nuque.

— Si vous avez rien à dire, lui dit Aslin, je vous tue sur-le-champ, et je me débrouillerai.

— Allons, après tant d'efforts pour me retrouver.

Un deuxième coup de crosse, cette fois dans le dos, lui arracha un autre cri de douleur. À présent sur le sol, le corps en proie à de multiples souffrances, il se surprit à rire, presque spectateur de sa situation. Il imaginait lire sa propre histoire dans un livre : Scipione, le grand spadassin, mû par un désir de vengeance et par l'amour, nu, la tête dans la neige et les fesses à l'air. C'était aussi hilarant qu'une blague d'ivrogne.

Sentir de nouveau le canon contre la nuque le calma quelque peu.

— Alors ?

— Aslin, c'est bien Aslin n'est-ce pas ?

— J'ai dit : alors ?

— Alors votre charmante protégée est intervenue. Vous connaissez les femmes, elles aiment ce qui brille. Isulka ne diffère point. Et elle aime le rouge.

— Vos charades me donnent mal à la tête.

— Elle a pris le rubis et elle est partie Dieu sait où. Elle s'est jouée de vous, de moi, de Ladd, de tout le monde.

— Partie où ?

— Je n'en sais rien. Dans Paris ?

— Merde…

Le canon se délogea du crâne de Scipione. Étaient-ce là les derniers moments de l'Italien ? Que mettrait-on sur sa tombe s'il mourait de la sorte ? Est-ce que sa bien-aimée, un jour, viendrait y déposer des fleurs ou croirait-elle qu'il l'avait abandonnée ? Aurait-il seulement droit à autre chose que la fosse commune ?

— Debout, Lucantoni. Monsieur Ladd aimerait vous parler. Un seul faux pas cependant, et il parlera à votre cadavre.

Scipione n'aurait su dire comment ils étaient arrivés chez Sir Ladd. Il se remémorait vaguement avoir marché dans la neige. L'instant d'après il se trouvait dans une voiture, en plein Paris.

L'Italien ne se souvenait pas être rentré dans l'hôtel particulier et il ignorait d'où venaient les vêtements pas tout à fait à sa taille qu'il portait à présent. Il se sentait toujours glacé et sa tête était légère. Un majordome le regardait avec froideur. La voix d'Aslin lui parvenait, à peine audible à travers les murs. Les lumières vives lui donnaient la migraine.

Les portes donnant sur le salon s'ouvrirent et Aslin en sortit, sans son fusil.

— Venez.

Il n'aida pas Scipione à se lever, celui-ci devant prendre appui sur sa chaise et se déplacer avec un équilibre précaire. Aslin entra à sa suite dans le salon et le fit s'asseoir face au bureau de Ladd. L'Anglais le jaugea, les traits tirés.

— Je dois vous avouer que je suis déçu, Monsieur di Lucantoni. Je pensais que vous étiez un homme d'honneur, mais, pour me remercier de ma confiance, vous avez volé ce qui m'appartenait.

— Ne montez pas sur vos grands chevaux, Sir Ladd. Vous nous avez engagés pour dérober une pierre, pas pour garder un couvent. Nous sommes ici entre criminels.

— Vous vous trompez, Monsieur. Certes, les moyens que j'ai dû employer n'étaient pas légaux, mais je ne vous ai pas menti.

Cette pierre est bien mienne. Ou plutôt, pour me montrer tout à fait exact : elle appartient à la couronne.

— Peut-être, peut-être pas. Vous vous êtes en tout cas bien gardé de nous mentionner la valeur de la bague. Lorsque vous payez une misère pour quelque chose qui vaut un palais, il ne faut pas s'étonner que la loyauté se révèle précaire. Maintenant, peut-être pouvons-nous éviter d'insulter nos honneurs respectifs ? Disons que les torts étaient partagés et restons-en là.

— Soit, restons courtois, je ne puis qu'acquiescer. Vous parliez de la valeur de la bague. Puis-je demander comment vous l'avez découverte ?

— Isulka se trouvait présente pendant l'échange. Elle m'a dit après coup qu'elle valait plus de cent mille francs, loin de la somme que vous nous aviez proposée.

— Je vois. Madame Isulka s'est bien gardée d'en faire mention lorsqu'elle a fait son rapport.

À ces mots, Scipione se contenta de sourire. La jeune femme avait probablement tout mis sur son dos, ce qui ne s'éloignait de toute façon pas beaucoup de la vérité. Elle avait dû coopérer quand la situation avait tourné à son désavantage, mais avait choisi de s'éclipser au bon moment.

— Que savez-vous à propos de cette dame ?

— Moi ? Pas grand-chose. Elle est fourbe et futée. Je l'ai vue voler votre Damien Quéré sans que ni lui, ni ses gardes, ni ses clients ne s'en rendent compte. Alors, oui, je l'ai aidée, mais ce n'était pas à la portée de n'importe qui pour autant. Mis à part cela, elle restait très superficielle dans les discussions que nous avons échangées.

— Elle pratique la sorcellerie, intervint Aslin.

— Pardon ?

Aslin fouilla sa poche et sortit une affiche de spectacle qui contait les exploits d'Isulka la Mageresse. Le portrait, plutôt joli, la représentait entourée d'une aura de feu. Scipione commenta :

— Si elle est illusionniste, cela ne m'étonne qu'à moitié.

— Je n'ai pas parlé d'illusions, mais de sorcellerie.

— Allons bon.

— Qu'est-ce qui vous fait dire cela, Aslin, interrogea Ladd.

— Sur la péniche, je lui ai demandé de créer une diversion, pour attirer les amis de Monsieur. Elle a posé la main sur la porte, juste la main, et, l'instant d'après, le bateau s'embrasait. Elle n'a pas dit un mot, pas de formule magique ou je ne sais quoi, mais l'effet était là. Il aurait fallu un navire de guerre pour faire autant de dégâts en aussi peu de temps.

Scipione se souvenait de l'explosion. Ce qu'avançait Aslin était impossible, invraisemblable, mais une péniche ne coulait pas comme ça. La déflagration avait eu lieu, il ne pouvait le nier.

— Je vois, commenta simplement Ladd. Elle a pris possession de la bague, vous dites ?

— Oui, répondit Scipione.

— Ce n'est pas ce que je souhaitais, mais cela veut également dire que les Égyptiens ne l'ont pas. Tout n'est pas perdu.

— Les Égyptiens ?

— Connaissez-vous le mythe d'Isis et de Seth, Monsieur di Lucantoni ?

L'histoire de Ladd était abracadabrante. Non pas que la mythologie fût stupide, elle était au contraire riche et intéressante, mais le lien avec la bague ne tenait pas une seconde. Malgré tout, Scipione concevait que des individus pussent y croire, ce qui était bien le cas au vu du prix que les Égyptiens se montraient prêts à payer. Le danger que Ladd décrivait, à savoir un retour d'un ancien dieu de l'Égypte antique, frisait le grotesque. Mais Dieu seul savait jusqu'où des fanatiques pourraient aller pour parvenir à leurs fins.

L'inconvénient majeur dans l'affaire était qu'on l'avait pris la main dans le sac et qu'il ne pouvait plus s'esquiver, du moins pas dans l'immédiat.

— Si je comprends bien, Sir Ladd, le danger n'est donc pas pour vous qu'Isulka disparaisse avec la bague, mais qu'au contraire, elle se fasse rattraper ?

— Voilà pourquoi nous devons la retrouver dans les plus brefs délais. Malheureusement, elle sait à présent que nous avons connaissance de son adresse. Elle ne commettra pas l'erreur de retourner chez elle une seconde fois, d'autant qu'elle détient le bijou.

— Mais avons-nous d'autres pistes ?

— Non, en tout cas pas en ce qui concerne la jeune femme. Par contre, retrouver les disciples de Seth est envisageable. Ils ont pu se dissimuler à travers les siècles, mais leur but se rapproche, et ils se montreront certainement plus prompts à l'erreur. Tel que je vois les choses, vous étiez en possession de la bague jusque ce soir, et c'est la dernière information dont ils disposent.

— Tendre un piège à une troupe de fanatiques qui vivent dans la clandestinité depuis plus de deux millénaires sans armée. Quelle heureuse idée !

— Mon idée première, Monsieur di Lucantoni, était d'engager deux talentueux individus pour interrompre la transaction et ramener l'artefact là où il serait en sécurité. Malheureusement, ce plan avait ses failles, deux failles pour être précis, et nous devons faire avec.

Scipione s'était renfoncé dans son siège. Aslin était derrière lui, mais il pouvait malgré tout sentir le regard accusateur de l'homme dans son dos.

— Très bien, Sir Ladd. Je jouerai l'appât, s'il le faut. Peut-être pourrais-je commencer par rendre visite à votre marchand français ? Il doit après tout se trouver dans une vilaine posture et il a été en contact avec les Égyptiens.

— Vous iriez négocier avec celui que vous avez dépouillé ?

— Il faut bien commencer quelque part. À moins que vous n'ayez une autre idée ?

Sans meilleure proposition, l'idée fut adoptée, mais également reportée au lendemain. Ni Aslin, ni Scipione ne se sentaient en mesure de mener de front cette dangereuse mission, épuisés comme ils l'étaient. Cela n'irait probablement guère mieux le lendemain, mais Scipione n'avait pas osé demander un répit plus conséquent.

Chapitre XI

Isulka entra dans la fumerie d'opium qui lui servait de demeure par la porte arrière, après s'être bien assurée que personne ne l'observait. La dernière fois qu'elle était rentrée chez elle, elle avait eu le droit non pas à une, mais à deux visites, aucune d'entre elles n'étant de courtoisie. Elle se glissa le plus délicatement possible vers la grande pièce qui se trouvait sous l'escalier et entra sans frapper.

Les lieux étaient lourdement décorés de draperies rouges qui tombaient sur le sol dans une rivière de soie, probablement de mauvaise qualité. Des tableaux aux cadres dorés se battaient pour une place sur les murs surchargés, habillés d'un papier peint bordeaux. La pièce aurait été sombre sans la présence de grands miroirs plain pied qui étiraient artificiellement les lieux en distribuant une lumière tamisée et sensuelle. Isulka savait que Denise recevait parfois des clients dans un contexte plus charnel que l'opium, mais, malgré tout, il s'agissait d'une maison de passe de qualité.

— Isulka, quelle heureuse surprise !
— Chut, moins fort, moins fort.

Denise portait une tenue plus adéquate pour la nuit que le jour, ses longs cheveux adoucissant un visage qui autrement aurait paru trop masculin. La mageresse n'avait jamais vraiment compris les goûts de son amie, n'ayant pour sa part jamais été mal à l'aise dans son corps, mais elle admirait son courage.

— Qu'est-ce que tu fais dans ces vêtements ? Tu les as volés pour les mettre dans un tel état ? Quel gâchis !…

— C'est une longue histoire. Denise, tu sais si quelqu'un m'a demandée pendant mon absence ?

— Oui, un petit monsieur à lunettes et au faciès de poisson. Deux gars l'accompagnaient, plutôt costauds. Je lui ai dit que tu n'habitais plus ici.

— Tu es un ange.

— Je ne pense pas qu'il m'ait crue, mais ils sont partis.

— Ce n'est pas grave, je sais comment m'y prendre avec lui. Denise, je vais devoir m'absenter quelque temps. Les choses sont assez compliquées, mais si je joue mes cartes correctement, je devrais m'en sortir avec suffisamment d'argent pour bien vivre et rembourser ce que je dois.

— Isulka, si je devais compter le nombre de fois où tu m'as dit ça.

— Je sais, je sais, mais cette fois, c'est la bonne. Je vais aller prendre quelques affaires dans ma chambre, et zou. Est-ce trop te demander que de me la garder pendant ce temps ?

— Oui, c'est trop demander. Tu demandes toujours plus. Au début, tu voulais juste une nuit. Après, ce fut un travail, puis un autre quand tu as perdu le premier. Et pas avec ton corps, bien sûr. Ça non, Madame est trop fière !

— Denise...

— Puis, la chambre, et maintenant, tu veux que je la garde même quand tu t'en vas. Je ne sais pas combien de temps tu pars, ni où, ni même si tu reviendras.

— S'il te plaît ?

Les deux femmes se faisaient face, en silence. Isulka n'ignorait pas qu'elle abusait de la gentillesse de son amie, mais elle savait aussi que celle-ci ne lui refuserait rien. La situation la gênait : c'était toujours elle qui demandait des services ou de l'aide, sans rien offrir de valable en échange. Toute sa vie elle avait repoussé ceux qui lui étaient proches jusqu'à ce qu'ils se détournassent d'elle, comme si elle ne pouvait être heureuse quand on tenait à elle. Elle ne comprenait pas comment des gens comme Denise ou Agelin pouvaient prendre autant de risques et encore miser sur elle. Elle culpabilisait, bien sûr, mais pas suffisamment pour se remettre fondamentalement en question.

— Très bien, très bien. Je garderai ce taudis que tu appelles ta chambre le temps qu'il faudra, mais tu as intérêt à y revenir.

— Je te le promets. Si je ne reviens pas, mes vêtements t'appartiennent.

— Ce n'est pas drôle, Isulka. S'il t'arrivait malheur, je ne le saurais probablement jamais.

— Il ne m'arrivera rien. Merci pour tout Denise, je te le revaudrai. Oh, une dernière chose : peux-tu envoyer ça au relais Saint-Vincent, chambre 32 ? Attention, ça pique.

Denise secoua la tête en signe de dépit en voyant la rapière de Scipione. Isulka serra son amie dans ses bras avant de monter rapidement dans sa chambre pour se changer. Elle prépara une malle étroite avec les premières affaires qu'elle trouva. Elle resta quelques instants dans ce qui avait été son chez-elle pendant les deux dernières années. Rien n'y était vraiment personnel : pas de photographies ou de portraits, pas de bibelots ayant appartenu à ses parents ou ses ancêtres, pas de lettres d'anciens amants... Le prix de l'indépendance était la solitude.

La bague qu'elle portait semblait briller dans la pénombre, d'un rouge vif presque réconfortant. Elle ne savait pas pourquoi son premier réflexe avait été de la passer au doigt. C'était tout à fait logique lorsqu'elle l'avait volée la première fois et qu'elle ignorait la légende. Mais quand elle l'avait reprise à Scipione, elle connaissait le secret, ce qui ne l'avait pas empêchée de recommencer.

Elle avait beau ne pas y croire, elle ne pouvait s'empêcher de s'interroger. Une simple pierre avait-elle pu transporter une déesse à travers les générations ? Elle ne pouvait pas nier qu'elle ressentait quelque chose de confus en contemplant le joyau.

Elle quitta les lieux.

Paris se faisait bien vide en cette fin de nuit.

Isulka était partie à pied vers la gare de Saint-Lazare, inspirant l'air vicié parisien à pleins poumons. Enfin affranchie de tout corset, elle se sentait éprise de liberté. Elle avait choisi un épais pantalon de cuir et un chemisier surmonté d'un gilet, également de cuir. Cela ne représentait peut-être pas le summum du raffinement féminin, mais, pour voyager, c'était l'idéal et elle avait de toute façon l'habitude des regards outrés lorsqu'elle portait autre chose qu'une robe.

Bien que doutant qu'on pût la retrouver à dessein au milieu de Paris, la jeune femme restait sur ses gardes. Elle épiait les ruelles et leurs ombres avec méfiance. Si garder profil bas revêtait une grande importance, elle n'oubliait pas que la métropole pouvait se montrer dangereuse en elle-même.

Elle rejoignit en une trentaine de minutes la place de la gare, alors que le soleil peinait à éclaircir les cieux à cette heure très matinale. Isulka ignorait où elle se rendrait ensuite. Quel train prendrait-elle ? Ce n'était pas une femme des campagnes, mais Paris devenait invivable. Elle avait vu des gens mourir pour ce qu'elle portait au doigt, ce qui lui avait servi de leçon. Comment elle agirait ensuite pour négocier sa possession restait toutefois à définir. Elle ne savait même pas comment elle allait payer l'hôtel en province ni même le train, d'ailleurs. Finalement, elle aurait peut-être dû garder l'arme de Scipione et la vendre avant de partir, pour se faire un peu d'argent et éviter de devoir frauder.

Isulka s'arrêta au milieu de la place, le corps soudainement glacé. Son souffle déjà frais devint givrant. Elle sentit ses cheveux se hérisser. Tout à coup sa main gauche la brûla et elle ne put retenir un gémissement de douleur. Elle tenta d'enlever la bague, mais celle-ci était incandescente. La mageresse comprit bien vite qu'il s'agissait là d'un sortilège, d'une magie qui l'entourait subitement. Elle ignorait de quoi il retournait et n'aimait pas cela.

Elle accéléra le pas un instant avant de se figer. Elle crut percevoir quelque chose bouger dans la neige boueuse. Son instinct cria au danger. La forme se rapprocha en un mouvement onduleux et prit la forme d'un serpent, glissant sur le sol dans sa direction. La jeune femme recula, mais l'animal sembla la suivre, comme attiré par elle ou, plus précisément, par la bague. Elle entendit son sifflement reptilien et menaçant. D'autres frémissements se firent entendre, en nombre, proches. Le sol lui-même grouillait à présent et une myriade de formes ophidiennes se dirigeait dans sa direction.

Un cri, ou plutôt un hurlement de terreur, retentit un peu plus loin. Cela n'avait malheureusement qu'une seule signification : il ne s'agissait pas là d'un sortilège d'illusion et elle ne se trouvait pas en proie à une hallucination. Non, les serpents étaient bel et bien là, vivants. Elle n'aurait su dire comment, mais cela n'avait aucune importance à cet instant : elle était la cible, cela lui suffisait.

Isulka s'enfuit en courant, le son de ses pas étouffé par la neige et la glace. Une boule de terreur lui broyant le ventre, elle s'engouffra dans une ruelle sans savoir où elle allait. Très vite, elle se perdit et, plus vite encore, elle perdit son souffle. Elle hurla quand elle sentit une forme fraîche et mobile glisser contre son mollet.

L'effort ne suffit pas et, malgré sa détermination, elle ne put courir au-delà de ses forces. Quand celles-ci l'abandonnèrent lâchement, la mageresse chut sur le sol, les jambes tétanisées. Elle libéra sa propre magie par réflexe et la rue derrière elle s'embrasa en un instant, le corps de centaines de serpents se tordant dans des flammes, flammes qui, déjà, léchaient les immeubles voisins. Cela n'empêcha cependant pas les crotales de la rattraper et de se glisser sur son corps. Elle tenta de les repousser par des mouvements brusques et erratiques, hurlant de terreur, mais, pour un qu'elle chassait, trois autres l'entouraient. La terreur à son comble, elle sentit les viles créatures l'enserrer et l'immobiliser. Se débattre devint rapidement inutile, le brasier ne se révélant d'aucune aide.

Transie d'effroi, elle vit une silhouette se dessiner face à elle, le dos aux flammes. Il lui fallut un instant, mais elle reconnut l'homme à la peau marquée par le soleil, au faciès glabre et aux yeux maquillés de noir, celui qu'elle avait vu au cabaret. Elle s'entendit le supplier. Le son de sa voix était lointain, comme si elle était déjà en dehors de son corps, marchant sur le chemin de la mort. Un sourire menaçant se dessina sur les lèvres de l'homme et sa bouche s'ouvrit lentement, mais bientôt plus qu'humainement possible. Sa mâchoire continua à se déloger et se déchira, la chair rose et blanche de ses joues apparente alors que la moitié de son visage était arrachée. Isulka vit un autre faciès, animal et bestial, entre le bec et le museau, émerger lentement dans le sang et la bave. Le crâne de l'Égyptien s'écrasa sur le sol dans un bruit flasque alors que l'homme tombait à genoux, vomissant ce second être. La tête de la créature jaillit entièrement, velue et aiguisée, maculée de rouge, prenant la place de l'humain, comme un poussin déjà adulte s'extrayant de son œuf charnel.

L'immonde créature plongea un regard cruel dans les yeux d'Isulka qui perdit connaissance.

La mageresse revint à elle quelques heures plus tard. Son premier réflexe fut de chasser les reptiles de son corps, mais elle se rendit rapidement compte que, les bras tendus et les poignets enchaînés, elle n'avait aucune liberté de mouvement. Les serpents ne se trouvaient heureusement plus là et elle ne sombra pas dans une crise d'angoisse complète. Elle regarda autour d'elle, inquiète, et découvrit qu'elle reposait sur un lit à baldaquin aux rideaux de soie noire. Ses mains étaient attachées à la tête du lit par des menottes, en or. Rien que ça !

Elle ne portait plus sa tenue de voyage, mais une simple robe blanche de lin très proche de son corps. Ses pieds étaient nus, mais elle n'avait pas froid.

— Du calme, se dit-elle. Tu respires encore, il n'y a plus de serpent et tu es habillée. Légèrement vêtue, certes, mais tu n'es pas nue. Oui, on t'a attachée, mais ça ne va quand même pas te décourager ?

Sa respiration se fit graduellement moins rapide alors qu'elle luttait contre la panique. Après tout, s'échapper devenait une habitude. Elle essaya de s'asseoir, mais les chaînes l'obligèrent à se contorsionner pour se retrouver à genoux sur les draps. La mageresse en elle prit le dessus et elle posa les mains sur le bois du lit au niveau où les chaînes étaient accrochées. Elle fut d'ailleurs surprise de voir qu'elle portait toujours la bague : ils lui avaient tout pris sauf l'objet qu'ils convoitaient le plus, ce qui s'avérait trop stupide pour être involontaire.

Elle se concentra et fit appel en toute discrétion à sa magie. Elle se spécialisait plutôt dans les effusions de flammes incontrôlables, mais, avec de la concentration, elle arrivait usuellement à créer des phénomènes moins violents. Mais pas cette fois, car aucune flamme ne jaillit de ses doigts, pas même une flammèche ou une vulgaire étincelle. Rien.

Elle choisit ce moment pour paniquer : elle saisit les chaînes à pleines mains avant de tirer de grands coups, comme l'aurait fait un animal pris au piège. Elle entendit presque aussitôt une porte s'ouvrir et des gens accourir. L'un des rideaux s'ouvrit et une jeune Égyptienne apparut. Elle s'apprêtait à parler quand Isulka la frappa vicieusement du pied, avant de tirer de plus belle sur les chaînes en grognant.

D'autres femmes entrèrent et tentèrent d'immobiliser la mageresse, qui ne se laissa pas faire. Elles parvinrent finalement à la plaquer sur le lit, après un ou deux autres coups de pied ou de genou et une jolie griffure.

Celle qu'Isulka avait vue en premier vint s'agenouiller devant le lit, au niveau de la captive. Ses yeux étaient maquillés de noir et elle était vêtue de blanc. Isulka lui montra les dents et tenta de la mordre, sans succès.

— Nous ne vous voulons aucun mal, dit-elle avec un très faible accent.

— Grrr. Laissez-moi partir !

— Nous ne pouvons vous laisser partir, mais je peux vous détacher les poignets si vous promettez de ne pas vous enfuir.

Isulka considéra ses options, qui se révélèrent hélas peu nombreuses. Plaquée sur son lit par trois paires de mains et attachée, elle n'avait que peu de marge de manœuvre.

— Très bien, je le promets, mentit la mageresse, un semblant de calme retrouvé.

Les autres femmes la relâchèrent et la jeune fille défit ses chaînes, libérant des poignets meurtris par la violence de la lutte. Isulka s'assit sur le lit et découvrit qu'elle se trouvait dans une chambre parisienne dont les seules sorties étaient une fenêtre qui donnait sur cour et une double porte. Derrière la porte ouverte, elle aperçut deux hommes, armés, qui lui tournaient le dos. Elle dut lutter intérieurement pour ne pas simplement s'élancer et tenter sa chance, quitte à se faire de nouveau attacher ou pire. Il ne s'agissait cependant pas de l'action la plus rusée à entreprendre et une mageresse devait faire preuve d'intelligence, au moins de temps à autre.

— Non pas que je n'apprécie pas une nuit offerte dans un bel hôtel, même si me faire attacher au lit n'entre pas dans la liste de mes jeux favoris, mais que me voulez au juste ?

La jeune fille sourit amicalement et se leva, une main toujours posée sur l'estomac, l'endroit où Isulka avait dû la frapper. Elle parla alors aux autres femmes dans leur langue et celles-ci partirent, les laissant seules.

— Je me nomme Ankhfareh, fille de Seth, et je suis votre demoiselle de compagnie.

— Ma demoiselle de compagnie, rien que ça ?
— Oui, je vous assisterai et vous aiderai pour votre sacre.
— Mon sacre ? Quel sacre ?
— Père m'a dit que vous ignoreriez de quoi il retourne. Vous avez été choisie pour devenir Isis et être restaurée sur le trône d'Égypte. Une fois reine, nous retournerons à Râ-khaton, et vous épouserez Seth.

Les explications que lui avaient données Ladd étaient peut-être dans le juste finalement, ou, en tout état de cause, leur côté dément n'était pas partagé uniquement par le Britannique.

— Il est hors de question que j'épouse qui que ce soit. Et pourquoi je deviendrais votre Isis ? Pourquoi pas vous ? Vous êtes beaucoup plus égyptienne que moi.

— Le sang d'Isis vous a choisi. Vous portez la déesse avec vous, elle vous a choisie.

— Très bien, très bien. Voilà ce que nous allons faire : je vais vous rendre la bague et vous allez me laisser m'en aller tranquillement. Tenez, je vous la vends. Vos amis étaient prêts à la payer une fortune, mais je vous fais un prix : cent mille francs, et elle vous appartient. Vous pouvez devenir reine de ce que vous voulez.

Ce disant, elle fit glisser le bijou, ou plutôt essaya de le faire glisser, celui-ci se montrant tout à coup indocile.

— Juste un instant, Ankhfareh.

Elle força, faisant tourner l'anneau sur lui-même, mais rien n'y fit ; la bague ne bougeait pas. La jeune femme se maudit.

— Vous auriez du savon ?

— Elle ne partira pas avec du savon non plus. Nous avons essayé de l'enlever, mais il n'y a rien à faire, elle vous a choisie.

— Moi ? Pourquoi moi ? On m'a déjà donné beaucoup de surnoms, mais reine ou déesse en faisaient rarement partie. Et, quand c'était le cas, il ne fallait certainement pas le prendre pour argent comptant.

— Père dit que vous êtes une magicienne, tout comme la déesse.

— Et voilà où vous faites erreur : je suis mageresse, pas magicienne. Mais puisque nous parlons magie, puis-je voir votre père à ce sujet ? J'ai quantité de choses à lui dire.

— Oui, bien sûr, il présidera le couronnement. Nous allons vous préparer si vous le voulez bien.

Isulka avait capitulé pour le moment. Il fallait savoir quelles batailles pouvaient être gagnées et lesquelles étaient perdues d'avance. Elle n'avait pas trouvé ce qui l'empêchait d'user de sa magie, mais celui qui se faisait appeler Seth semblait maîtriser les arts mystiques et il était vraisemblablement responsable. Elle n'avait pas encore pu identifier la source exacte de ce blocage, mais il devait y avoir une raison et, une fois celle-ci trouvée, ce serait brûlant pour ses geôliers…

En attendant, Ankhfareh avait aidé la future reine à se laver dans un véritable bain au lait d'ânesse. Au-delà du côté majestueux et finalement agréable de ce bain, la mageresse s'interrogea sur les ressources de cette secte. Ils disposaient d'un petit palais à Paris, pouvaient se permettre gardes et demoiselles de compagnie et offraient le grand luxe à celle qui les avait préalablement volés. Sans oublier qu'ils pouvaient dépenser plusieurs centaines de milliers de francs sans sourciller. Soit ils étaient les plus riches d'Égypte, soit ils disposaient d'une aide financière à Paris, ce qui, finalement, ne l'aurait pas surprise quand on considérait le nombre toujours croissant d'égyptomaniaques parmi les élites et les francs-maçons.

Isulka fut ensuite maquillée : khôl noir de jais pour les yeux et rouge sang sur les lèvres. On apposa également un vernis rouge sur ses ongles longs. Deux des autres femmes vinrent aider Ankhfareh et passèrent un long moment à peindre les mains de la mageresse, dessinant avec une dextérité admirable un motif floral qui partait des doigts d'Isulka pour aller entourer son poignet après avoir caressé tout en courbes le dos de sa main. L'effet, très féminin, rappelait de la dentelle par sa finesse.

Isulka refusa ensuite poliment quand Ankhfareh lui proposa de lui raser la tête pour remplacer sa chevelure rousse par une perruque, et ce malgré toutes les assurances de la jeune Égyptienne que cela lui irait à merveille.

— Dites-moi, Ankhfareh, comment se fait-il que vous parliez aussi bien français ?

— Père m'a appris à mon plus jeune âge les langues étrangères. Notre clan a quitté l'Égypte il y a bien longtemps. Nous y retournons parfois, mais le grand Seth avait perdu sa place dans notre patrie. Quand la religion du prophète est arrivée, nous nous trouvions déjà loin.

— Et après tout ce temps, vous croyez encore en ces anciens dieux ?

— Bien sûr. Vous croyez toujours à votre Jésus après presque deux mille ans, non ?

— C'est vrai, vous marquez un point. Personnellement, je vous avoue que j'ai toujours trouvé vos dieux plus amusants et intéressants. Enfin, jusqu'à ce que je me retrouve mêlée à leurs affaires.

Ankhfareh ne commenta pas et aida Isulka à enfiler sa robe de cérémonie. Celle-ci était proprement magnifique : constituée de sequins ou plutôt d'écailles en or pur, elle brillait et étincelait comme autant de joyaux. Sa coupe épousait les formes de la mageresse et mettaient en avant ses atouts féminins avec délicatesse et sensualité. L'Égyptienne n'eut qu'à l'ajuster un peu, ce qui représentait davantage un travail d'orfèvre que de couturier. Un épais collier en or serti de pierres précieuses vertes vint habiller son cou et le haut de ses épaules. La tenue fut complétée par un couvre-chef à la forme de faucon, dont les ailes habillées d'émeraudes descendaient contre les oreilles d'Isulka, celles-ci arborant de longues boucles d'oreille à plusieurs sections.

La jeune femme dut se tenir le plus droit possible pour ne pas plier sous le poids de sa panoplie égyptienne. Elle avait caressé un instant l'idée de s'enfuir sur le chemin de la cérémonie, mais l'idée était tout bonnement caduque : elle devrait vaille que vaille aller jusqu'au bout de ce non-sens. Heureusement que ledit mariage devait se dérouler en Égypte et non en France, ce qui lui laissait un peu de temps pour trouver une solution.

— Vous êtes resplendissante.

— Merci. Je vous avoue que je n'ai jamais porté d'atours aussi splendides. J'espère que vous avez pensé à faire venir un photographe. D'ailleurs, savez-vous si je peux inviter quelqu'un au sacre ?

— Je peux demander à père, mais je ne pense pas qu'il acceptera.

— Ce n'est pas grave, Ankhfareh. Qui croira cette folle aventure, je me demande ?

— Est-ce que j'habille vos mains, ou gardons-nous simplement la bague ?

— Je pense que la bague suffira, ne vous en faites pas.

La fille de Seth aida enfin Isulka à enfiler des sandales montant jusqu'au genou, également en or, dont le port ne se révélait pas aussi désagréable qu'on aurait pu le penser. Une bourrasque de vent vint siffler dans la cheminée : la mageresse n'aurait pas aimé se trouver dehors avec ce temps, vêtue de la sorte.

— Vous êtes prête ?

Les femmes accompagnèrent Isulka dans les couloirs de l'hôtel. Une boule d'inquiétude s'était logée dans la gorge de la mageresse, qui, pendant toute la procession, cherchait du coin de l'œil un endroit par où s'éclipser, sans succès.

Elles arrivèrent en haut de marches qui donnaient sur le salon principal, uniquement éclairé par des torches. Au-delà du danger, cela lui ôta immédiatement l'impression de se trouver dans un petit hôtel particulier français, mais plutôt dans un lieu étrange, quelque part entre l'Orient et l'Occident, entre l'Antiquité et la modernité. Au centre de ce qui devait habituellement servir comme salle de bal, se dressait un trône, haut et menaçant, dont la base rappelait une chaise curule.

Les jeunes femmes portaient des fleurs de lotus par la tige, fleurs qu'elles embrasèrent à l'aide de torches, libérant une fumée grise odorante, plutôt agréable. Ankhfareh lui fit signe de descendre.

Elle prit une profonde inspiration et, marche après marche, se dirigea vers le trône qui lui faisait face. Une allée d'individus la séparait du siège : des hommes, vêtus de simples pagnes, le corps torse nu et complétement glabre. Certains avaient la peau foncée, d'autres aussi claire que celle d'Isulka. Elle ne distinguait pas les visages, car tous portaient de lourds masques égyptiens, noirs, représentant la tête d'un animal qu'elle n'arrivait pas à reconnaître, mais qui était très proche de ce qu'elle avait vu lorsque les serpents l'avaient capturée. Elle frissonna.

Celui qui se faisait appeler Seth était là.

Isulka n'aurait su dire s'il portait un masque ou s'il s'agissait véritablement de sa tête, transformée par la magie. La fumée se faisait plus épaisse à présent, enivrante. Isulka se sentait bien, malgré le cadre singulier et effrayant. Elle avait l'impression de se trouver nue dans sa robe, avec le sentiment d'être visible aux yeux de tous, car la seule à visage découvert. Tous la regardaient avec une attention silencieuse et macabre.

Le trône se rapprocha, prêt à la dévorer et à la faire reine d'une secte de dangereux fanatiques. Le hasard ou plutôt le destin se moquait d'elle. Elle ne savait pas encore si l'histoire dans laquelle elle jouait relevait de la tragédie, mais les signes avant-coureurs étaient là.

Le prêtre, Seth, prit sa main et l'aida à s'installer sur le trône froid. Les ombres que projetaient les torches se mouvaient. Les hommes aux têtes animales se tournèrent vers elle et leurs genoux touchèrent terre. La mageresse sentit un frisson glacial lui parcourir l'échine. Ses yeux se posèrent sur ses mains et sur les peintures noires. Ces dernières semblaient animées d'une vie également. Elle reconnut le symbole du lotus.

Seth se plaça devant elle et commença à chanter, dans une langue ancienne que la mageresse n'avait jamais entendue. Elle posa ses mains sur les accoudoirs. La pierre d'Isis paraissait plus rouge encore qu'à l'accoutumée, plus sombre également. Ce n'était peut-être pas la résurrection de la déesse, mais le premier pas vers son enterrement.

Isulka se ressaisit : rien de tout cela n'était réel. Il n'y avait pas d'Isis, pas de Seth, juste un sorcier fou qui tenait sa secte d'une main de fer.

Le chant de Seth résonnait, triste et lugubre. Il contait les épopées de temps reculés et oubliés, les passions ayant perduré à travers les âges, les valeurs ayant perdu leur sens, la vie et la mort d'un peuple. Les femmes se déshabillèrent, ôtant leurs robes de lin et montrant leurs corps nus et peints. Les hommes ôtèrent leurs pagnes, toujours à genoux, face à la mageresse. Le prêtre découvrit également son corps, un corps ancien et marqué par la vie, un corps entre l'homme et l'animal.

Il s'approcha d'Isulka dont l'esprit s'embrumait de plus en plus.

— Ce sont les plantes qui provoquent des hallucinations, se murmura-t-elle pour se rassurer. Je suis sûre que ce sont les plantes.

Seth prit la main gauche d'Isulka et y plaça un petit objet en bois en forme d'Ankh. Il s'exprima d'abord en égyptien, avant de traduire ses propos pour que la nouvelle déesse en comprenne la symbolique :

— Par le souffle de la vie, la déesse renaît.

Les hommes-bêtes répétèrent en cœur, à la fois en égyptien et en français. Le prêtre saisit ensuite un bâton dont le sommet représentait une tête de chien, l'autre extrémité se terminant par une fourche à deux dents. Il le plaça dans la main droite d'Isulka et s'exprima comme la première fois dans les deux langues :

— Par le Sceptre d'Ouas, la Déesse règne à nouveau.

Il croisa ensuite les bras d'Isulka contre ses seins dans une position pharaonique. Malgré son incrédulité, l'appréhension était à son comble : et si une déesse descendait effectivement des cieux et prenait possession de son corps et de son esprit ? Serait-ce différent de mourir ? C'était impossible, mais la magie elle-même relevait de l'impossible à en croire certains, alors en quoi cela différait-il ? Elle essaya une nouvelle fois de libérer ses flammes : si celles-ci se déversaient à ce moment précis, tout s'arrêterait et elle retrouverait sa liberté. Pauvre, criminelle, mais libre.

Les yeux de Seth s'embrasèrent et la regardèrent avec une férocité non dissimulée : non pas des yeux humains, mais ceux de l'animal monstrueux, du canidé vorace. La magie ne sauva pas Isulka qui finit par prendre la position que l'on lui imposait.

Ni le ciel, ni la terre ne s'ouvrirent. Rien de sacré ou de divin n'interrompit la cérémonie. Pourtant, elle avait l'impression que quelque chose avait été fait, qu'une étape importante avait été irrémédiablement franchie. Elle ne connaissait que trop bien la force des rituels, et elle s'était retrouvée au cœur d'une cérémonie multimillénaire qui l'avait attendue pendant tous ces siècles. Déesse ou pas, elle représentait à présent Isis pour cette secte et, à ce titre, elle valait à leurs yeux plus que la vie, plus que la mort, plus que cent trente mille francs. Ladd l'avait prévenue, mais elle n'avait pas écouté ses avertissements, et maintenant, on allait la conduire en Égypte pour ses noces avec le prêtre, Seth. Elle serait violée par lui et il reprendrait, dans son esprit fou du moins, sa place parmi les dieux.

Chapitre XII

Aslin et Scipione se rendirent dès le lendemain à la résidence de Damien Quéré. Les deux hommes portaient toujours les marques et blessures de la veille, mais dormir dans un lit avait fait le plus grand bien à Scipione. Il ne se sentait pas frais, mais raisonnablement vigoureux.

L'hôtel particulier paraissait calme. Les grandes portes qui donnaient sur la cour intérieure étaient closes et de hautes grilles empêchaient l'accès à la propriété.

— Une idée ? demanda Aslin.

— Peut-être. Suivez-moi.

Les deux hommes contournèrent la demeure de Quéré et se retrouvèrent devant un autre immeuble. Scipione fit signe à Aslin de l'attendre quelques instants et se plaça non loin de l'entrée, adossé au mur. Il alluma une cigarette, justification tout à fait acceptable pour rester dans la rue à découvert, sans attirer l'attention.

Il allait porter la troisième à la bouche lorsqu'enfin, une paire de jeunes filles et leur chaperon sortirent du bâtiment. Il éteignit nonchalamment sa cigarette et s'approcha le plus naturellement possible de la porte, qu'il attrapa avant qu'elle ne se refermât.

Personne ne prêta attention à son incursion et, lorsque la voie fut libre, son nouvel « ami » le rejoignit à l'intérieur.

Ils se dirigèrent vers la cour qui, à un endroit, jouxtait la propriété du marchand français. Un mur épais surplombé d'une grille séparait les deux cours.

— Et maintenant ?

—Faites-moi la courte échelle.

Sous le regard incrédule de l'homme de main, Scipione défit sa ceinture et la prit en main pour former une boucle. Il posa ensuite le pied sur les mains jointes d'Aslin tout en prenant appui sur ses épaules et la paroi. Il se retrouva bientôt porté à bout de bras par le gaillard qui, à son honneur, ne faiblit pas. L'Italien entoura de sa ceinture l'une des pointes de la grille et se hissa en haut, tant bien que mal.

— Faites le tour. Je vous ouvre la porte principale.

Il enjamba ensuite la herse, prenant garde à ne pas s'empaler sottement et, toujours à l'aide de sa ceinture, se laissa pendre au-dessus du vide. Il lâcha prise et encaissa le choc de la chute en roulant sur lui-même, ce qui ne manqua pas de réveiller sa douleur à l'épaule. Il se releva et s'épousseta avant de se rendre discrètement vers les lourdes portes, toujours closes.

Aucune âme n'était présente dans la cour : pas un domestique, pas un garde, pas un chat.

Il déverrouilla la porte cochère, et Aslin entra.

Scipione se rapprocha de la porte principale de l'hôtel et saisit la poignée. À sa grande surprise, celle-ci n'était pas fermée à clef. Il poussa pour l'ouvrir, mais quelque chose en bloquait l'ouverture. Il força et, peu à peu, la porte s'entrebâilla suffisamment pour les laisser entrer.

L'intérieur était sombre, faiblement éclairé par le jour qui s'infiltrait difficilement à travers les fenêtres. En avançant, Scipione marcha sur quelque chose de visqueux et d'épais. Une odeur âcre emplissait les lieux.

Il ne fut qu'à moitié surpris de découvrir un corps, inerte, affaissé contre la porte. Aslin se figea également en découvrant le mort et, à pas de loup, s'avança dans la propriété, les poings serrés. Scipione se baissa vers le cadavre au visage résolument européen. Si le pauvre homme arborait une entaille profonde au niveau du bras, c'était celle qui lui traversait le dos qui avait dû le mener de vie à trépas. Les traces de sang au sol se chargèrent de conter les derniers moments de l'homme : il s'était désespérément traîné jusqu'à la porte, mais l'hémorragie avait eu raison de lui avant qu'il pût sortir.

L'Italien se rapprocha d'Aslin qui lui désigna du doigt un autre corps, gisant dans les escaliers. Ils ignoraient tout de ce qui s'était passé, mais l'attaque avait sans aucun doute été extrêmement rapide et violente. Une question simple leur vint au même moment : les assassins étaient-ils partis ? Aslin sortit de sa ceinture un long poignard et se dirigea vers les escaliers. Scipione, toujours officiellement prisonnier, n'avait pas eu le droit à une arme. En conséquence, il préféra suivre Aslin qu'aller de son côté.

Ils contournèrent la seconde victime qui observait le plafond en affichant un rictus de terreur. Les marches craquèrent plusieurs fois au cours de leur montée, mais rien ne se passa. Scipione remarqua que, malgré l'expression dénuée d'émotion d'Aslin, celui-ci serrait son arme avec force.

À l'étage, un long couloir se dessina. Aslin se plaça dos au mur, pour ne pas se faire voir et fit signe à Scipione de passer. L'Italien déglutit, mais c'était en effet l'option la plus stratégique : si l'un des tueurs le repérait et s'en prenait à lui, il ne verrait pas l'homme armé et serait probablement mort avant de pouvoir frapper Scipione. Probablement...

Deux autres corps jonchaient le sol, l'un d'entre eux tenant un revolver à la main. Ils avaient été lacérés de la même manière, par une arme blanche extrêmement affutée et tranchante. Il fit signe à Aslin que la voie était libre, et les deux hommes s'avancèrent, enjambant les corps mutilés. Ils s'arrêtèrent devant une porte à double-battant entrebâillée. Aslin l'ouvrit doucement, prêt à frapper.

Scipione le suivit à contrecœur dans les appartements personnels du marchand. Le cadavre de celui-ci reposait dans un lourd fauteuil de cuir, le torse étendu sur un large bureau maculé de sang et de viscères. Ce n'était pas le seul à avoir péri dans cette pièce : une femme d'âge mûr, affligée d'une balafre lui ayant ouvert la moitié du visage, et trois gardes du corps y gisaient également. Scipione reconnut l'un d'entre eux, présent lors de l'échange qu'Isulka et lui avaient interrompu. Il aurait dû se sentir coupable : toutes ces morts étaient directement liées à ses actions et à ses choix, mais peut-être en avait-il déjà trop vu pour que la culpabilité ne le saisît. Ou alors il n'était plus l'homme qu'il pensait être. L'homme qu'il *voulait* être...

— Fermez la porte, intima Aslin.

Scipione sortit de sa rêverie et s'exécuta, sans bruit. Il en profita également pour prendre l'arme à feu que portait l'un des sbires de Quéré au moment de sa mort. On n'aurait pu le qualifier d'expert au tir, mais il n'était pas non plus mauvais.

— Fouillez ces armoires pendant que je m'occupe du bureau. Nous cherchons tout indice susceptible de nous indiquer où se terrent ces foutus Égyptiens.

— Vous pensez que ce sont eux les responsables de cette boucherie ? interrogea Scipione.

— Qui d'autre ?

Les deux hommes se hâtèrent de mettre la pièce à sac. Il suffisait que le marchand eût un quelconque rendez-vous le matin, et l'on s'interrogerait sur son sort. Si les forces de l'ordre les surprenaient sur les lieux, elles ne se poseraient pas de questions, et ce serait un aller simple et direct pour la potence. Aslin devait également avoir conscience de la situation, car il se montrait particulièrement efficace dans sa recherche.

Scipione trouva de nombreux documents qui relataient les négociations et les actes commerciaux engagés à droite ou à gauche. Il y avait des factures, des bordereaux de transport, des preuves de paiement ou encore des listes de marchandises et des manifestes. Rien ne mentionnait un quelconque lien avec les Égyptiens. Dans le domaine du digne d'intérêt, il découvrit un coffre-fort dissimulé derrière un portrait d'officier de la marine, mais n'en possédant pas le code, il n'aurait guère le temps de s'y afférer comme il le devrait. Il s'agissait là d'une preuve que les agresseurs qui lui avaient réglé son compte n'en avaient pas eu après sa fortune ou ses papiers. Non, c'était un meurtre pur, simple, en belle et due forme.

Aslin lui fit signe :

— J'ai quelque chose. Il notait ses rendez-vous dans ce livre. Là, c'est à la date où a eu lieu sa rencontre initiale avec les Égyptiens, quand vous les avez interrompus. Il y a marqué : « *Jarretière noire. Sarah. Prix convenu.* » Je pense que Sarah désigne ses clients. Enfin, ses anciens clients.

— Vous êtes sûr ? Ce ne serait pas juste une prostituée ou une maîtresse ? Il avait peut-être prévu de s'amuser avec son argent.

— Il n'aurait pas noté cela dans son livre de travail. Et regardez, au 2 février, il y a une semaine : « *Arrivée prévue de Sarah. Prévoir billets de train.* » Je pense qu'il s'agit bien d'eux, il les a fait venir de je ne sais où, à ses frais.

— Ils seraient arrivés à Paris le 2 ? Cela ne nous révèle pas grand-chose malheureusement, même si vous avez raison. Vous avez une date de départ ?

— Laissez-moi voir… On dirait, oui. Merde.

— Dites-moi.

— Départ ce soir, mais il n'est pas précisé d'heure ni de gare. Si on ne connaît pas le train, aucune chance de les retrouver.

— Ils repartiraient même sans la bague ?

— Si on en croit Sir James Ladd, cela fait des siècles qu'ils la recherchent. Ils doivent avoir des contacts en France pour les informer. Il n'y a aucun intérêt pour eux de rester sur Paris sans piste ferme. Ce serait le meilleur moyen de se faire repérer et ces gars-là préfèrent rester dans l'ombre. Ils ont pris soin de tuer toutes les parties impliquées. Nous avons une chance inouïe d'avoir cette trace.

— Effectivement, c'est déjà ça. À défaut de mieux.

« *Édition spéciale ! Double incendie à Paris ! Le mystère est entier !* »

Scipione arrêta Aslin en entendant le gamin dévoiler la une du jour. Il tendit une pièce au petit et repartit avec le journal qu'il ouvrit à la page de l'incendie. Mention y était faite de la péniche qui avait pris feu dans la nuit à côté de la tour en construction. La police avait retrouvé plusieurs corps, dont un garde de nuit poignardé, ce qui évoquait une piste criminelle. Jusque-là, pas de surprise, si ce n'était qu'Alfonso avait disparu sans laisser de trace avant que la police ne le cueillît.

En revanche, le second incendie le troublait : au milieu de la nuit, dans le quartier de la gare Saint-Lazare, un feu avait pris en pleine rue malgré la neige et avait provoqué des dégâts matériels importants. Plusieurs témoins juraient avoir vu des serpents et entendu les cris d'une femme, mais aucun corps n'avait été retrouvé. La manière dont l'incendie s'était déclaré restait également un mystère.

— Aslin, vous dites qu'elle pratique la sorcellerie ?

— Isulka ? Elle m'a dit mageresse, mais je pense que cela revient à la même chose. Pourquoi ?

— Regardez : en pleine nuit, un incendie s'est déclaré, exactement comme celui qui a eu lieu sur la péniche. Des témoins disent avoir entendu des cris avant de voir les flammes. Des cris de femme. Ça va vous paraître fou, mais si c'était elle ?

— Pourquoi aurait-elle fait ça ?

— Imaginez : vous êtes une femme, plutôt frêle. Vous vous apprêtez à fuir Paris parce que vous avez arnaqué votre employeur. On vous retrouve. Vous paniquez. La dernière option qui se présente est d'user de votre maîtrise sur le feu et de tout brûler. Que faites-vous ?

— Je vois. Le problème, c'est que l'employeur en question est Sir James Ladd. Si quelqu'un devait lui faire peur, c'est moi, et j'ignore où elle se trouve.

— Si ce n'est vous, qui d'autre se montrerait prêt à tout pour faire main basse sur la bague ?

Ladd resta silencieux un moment, troublé par le rapport que lui avaient fait Aslin et Scipione. L'Italien avait insisté sur l'incendie, qui n'était sans doute pas une preuve irréfutable, mais qui représentait une piste, ce qui leur faisait totalement défaut par ailleurs.

— Ce que vous me dites, messieurs, c'est que les membres de la secte ont exercé des représailles contre Monsieur Quéré, alors même que celui-ci avait engagé des frais pour leur départ prochain de Paris. En parallèle, vous redoutez que ces mêmes individus aient retrouvé Madame Isulka, d'où le second incendie qui s'est déclaré, un peu plus tard dans la nuit.

— Cela relève de la démence, vous avez raison.

— Je ne dirais pas dément, non. C'est peu probable, mais nous n'avons hélas pas beaucoup d'indices. Soit vous faites fausse route et la secte de Seth retourne bredouille en Égypte ou reste ici, ce qui s'avère ennuyeux, sans pour autant constituer l'hypothèse la plus grave que nous puissions envisager. Soit vous voyez juste et la bague est entre leurs mains, auquel cas ils se hâteront de rentrer en Égypte. Ce deuxième cas de figure me semble pour le moins inquiétant, car ils disposeraient alors des moyens de faire revenir Seth. La situation se révèle déjà extrêmement complexe sur le plan politique en Égypte. Une ancienne secte aux pouvoirs retrouvés constituerait une véritable catastrophe. À moins, bien sûr, qu'ils ne réveillent simplement l'ancien dieu à Paris et ne ravagent la capitale française.

— Vous êtes anglais, qu'est-ce que cela peut vous faire ?

Ladd répondit à la plaisanterie en arquant un sourcil. Scipione avait toujours du mal à croire leur histoire, mais il avait vu ce dont les membres de cette secte étaient capables. Quelque part, et ce bien malgré lui, il se surprit à s'inquiéter pour la jeune femme qui était au centre de cette intrigue. Elle avait volé la bague et avait sûrement disparu pour mener une vie de rêve quelque part, mais son intuition lui soufflait tout autre chose. Il n'appréciait pas la mageresse, mais l'imaginer le ventre ouvert et la gorge tranchée ne le réjouissait étonnamment pas.

— Que faisons-nous ? demanda Aslin, pragmatique.

— S'ils comptent prendre le train, c'est certainement avec l'Égypte comme destination finale. Je vais me renseigner sur les départs de navires à destination du Caire et d'Alexandrie demain et dans les prochains jours. Si mes recherches s'avèrent concluantes, nous pourrons peut-être les arrêter à la gare ou dans le train. Sinon, à défaut, nous aurons leur itinéraire.

— Et si vous n'obtenez rien de concluant ?

— Dans ce cas, Monsieur di Lucantoni, nous aurons échoué, et vous serez personnellement responsable du plus grand cataclysme de ce siècle.

Chapitre XIII

La reine d'Égypte avait reçu l'autorisation de ses geôliers de revêtir les habits qu'elle portait quand elle s'était fait enlever, plus adaptés au long voyage auquel elle se préparait moralement. Le soleil s'était levé et couché, avant que l'heure du départ ne fût donnée, et elle avait profité de ce répit pour dormir d'un sommeil sans rêve.

Puis était venu le moment du départ. Des serviteurs avaient empaqueté ses maigres bagages et elle était descendue aux côtés d'Ankhfareh et de ses deux gardiens. Pas moins de trois attelages de quatre chevaux chacun les attendaient.

— Votre Majesté.

Un jeune homme très français en habits de majordome lui avait tendu la main pour l'aider à monter. Il s'agissait du même genre d'hommes qui, deux jours plus tôt, l'auraient regardée de haut et traitée comme une moins que rien. Dans d'autres conditions, elle aurait abusé de ce nouveau pouvoir, mais cela ne pouvait que lui rappeler le sérieux avec lequel son nouveau peuple considérait les événements. Ankhfareh vint s'asseoir à côté d'elle, de même que les hommes qui la surveillaient. Pour la première fois, elle remarqua qu'ils portaient d'étranges armes semblables à des sabres, mais dont la lame avait la forme d'une faucille.

Enfin, un autre Français s'installa dans la voiture, un homme d'un certain âge qui portait un trois-pièces très rigoureux. Elle l'aurait pris pour un avocat ou un médecin si elle l'avait croisé dans un quelconque hôtel. Sa présence soulevait des questions. Ce n'était d'ailleurs pas comme si la jeune femme avait l'embarras du choix dans ses activités, mis à part supputer : jouer les otages ne s'avérait au final pas aussi passionnant que les romans d'aventures le laissaient supposer.

— Vous aussi voulez découvrir l'Orient, Monsieur… ?

— Monsieur Desmarais, Votre Majesté. Malheureusement, non, je n'aurai pas l'opportunité de vous accompagner jusqu'au bout de votre voyage.

— Quel dommage ! Je vous ai vu au couronnement, mentit-elle.

— Vraiment ? Vous devez avoir une excellente mémoire, Votre Majesté. Mais effectivement, je m'y trouvais. Quelle honneur d'assister de ses propres yeux à l'accès à la divinité d'une mortelle. Être témoin de la résurrection d'Isis… l'aboutissement de toute une vie.

L'attelage partit.

Les fenêtres étaient bien entendu voilées par d'épais rideaux qui gardaient péniblement le froid à l'extérieur. Heureusement, les déesses égyptiennes avaient le droit de porter des manteaux.

Tout ce qui définissait Paris envahit la voiture : les paroles des passants, les odeurs de viande grillée, la fumée, le crissement des roues sur les pavés enneigés, les effluves des poivrots éméchés ou le son plus lointain de spectacles donnés par des artistes transis de froid. Isulka se demandait si elle reverrait sa chère capitale. Lorsqu'elle avait dit au revoir à Denise, cela avait eu la consonance d'adieux. Peut-être s'était-il agi d'une intuition, un savoir incertain qu'elles ne se reverraient plus. Elle surprit sa main à trembler, avant de la poser sur son genou et de s'intimer mentalement de recouvrer son calme.

— Votre Majesté ?

— Oui ? Pardon, vous disiez ?

— Je vous demandais ce que cela faisait de devenir la nouvelle reine d'un si grand peuple.

— Pour l'instant, je ne suis que votre reine à vous et à ces quelques personnes. Et encore, vous parlez d'une reine : à peine sacrée, déjà emprisonnée ! Si la nation égyptienne m'acclame et me bâtit une pyramide, je pourrai vous répondre. Pour l'instant, je ressemble plus à une mendiante qu'à une reine.

— Vous ne vous trouvez qu'au début du voyage. Peut-être deviendrez-vous une légende, comme Cléopâtre en son temps. Peut-être ne vivrez-vous qu'avec un titre trop lourd pour vos épaules. Mais sachez que nous croyons en vous.

— Et qui désigne ce « nous » ?

— Je puis seulement vous dire que l'influence des anciens dieux et de la grande Égypte ne s'est pas éteinte en même temps que son peuple. Nous sommes nombreux, en France et ailleurs, a toujours y croire. Les anciens savoirs ont survécu aux siècles, du moins en partie. À ce titre, saviez-vous que Seth est considéré comme le dieu des étrangers ?

— Non, je l'ignorais.

— Eh bien, c'est le cas. Le dieu du désert et des forces de la nature, mais aussi celui des puissances étrangères. Ceci expliquant cela, il n'a pas toujours favorisé le peuple égyptien, ce qui lui a attiré beaucoup de haine, mais il règne avant tout sur les étrangers. S'il accédait au trône d'Horus, cela ferait de lui un dieu quasiment monothéiste. À propos, si vous n'êtes pas égyptienne de naissance, le culte d'Isis s'est également beaucoup développé en dehors de ses frontières. L'un des plus grands temples de la déesse que nous ayons retrouvé se trouve à Rome, la patrie même de la Sainte Église. Vous voyez, même si vous n'avez pas encore la culture et si dans votre sang pas une goutte n'est issue d'Égypte, cela ne vous empêchera pas de d'incarner Isis aux yeux de tous. Et bientôt la reine du monde.

— Quel est votre intérêt dans tout cela ?

— Notre intérêt est purement intellectuel. Je dirais même qu'il est d'ordre ésotérique. À côté de cela, ne négligeons pas l'aspect politique. L'Égypte est aux mains de puissances étrangères, aussi bien ottomanes qu'anglaises. L'Orient et l'Occident s'affrontent, non seulement pour une idéologie, mais surtout pour le canal. Celui qui possède le canal de Suez détient l'économie mondiale, ou, en tout cas, la régule.

Leur discussion s'arrêta là, tout comme la voiture. La porte s'ouvrit. Devant Isulka, se dressait la gare de Lyon.

Elle se retrouva entourée par ses gardes du corps en plein hall des départs, à l'heure où l'effervescence était à son comble. Le moment idéal pour s'enfuir, en somme, mais il fallait que l'opportunité se présentât. Elle aurait très bien pu se mettre à crier, ce qui aurait immanquablement attiré l'attention, mais c'était là le meilleur moyen pour se mettre elle-même en danger. Si elle faisait du raffut, elle ne doutait pas que les Égyptiens commissent un déicide et ne lui soustraient la bague, son doigt en prime. Cela les ennuierait, certes, d'autant qu'ils se retrouveraient dans une situation très inconfortable : commettre un meurtre en public risquait de leur attirer de sérieux ennuis avec les autorités françaises. Elle tenait malgré tout davantage à préserver sa vie qu'à compliquer la leur.

Elle se laissa donc guider jusqu'aux quais, sous le regard attentif de Seth. Le prêtre avait, bien évidemment, repris visage humain. De jour, il avait l'air presque normal, avec son manteau et moins maquillé. Les adeptes de Seth savaient se montrer discrets.

Deviner la destination depuis le quai ne s'avéra pas bien difficile : le train qu'ils allaient prendre était le 7h15 du soir à destination de Marseille. Ce n'était pas la porte à côté, mais c'était somme toute logique s'ils devaient quitter le continent européen par la mer.

Desmarais était toujours là. Isulka l'avait d'ailleurs vu parler à plusieurs hommes, bien Français, qui s'étaient dispersés dans la foule. Rien n'était laissé au hasard.

Peu après 7h00, le chef de gare siffla et l'embarquement commença. La mageresse fut escortée dans le train et se laissa mener, le cœur lourd, à la cabine qu'elle occuperait, entourée de sa suite. Ankhfareh, assise en face d'elle, lui adressa un sourire sincère auquel Isulka répondit tristement. Elle espérait sans y croire qu'une solution se présentât à elle, qu'une opportunité tombât du ciel, mais le seul dieu qui avait l'air de prêter son oreille aux événements était égyptien, et il semblait fermement déterminé à entraver la mageresse, non à la secourir. Installée côté fenêtre, tandis qu'un des sbires de Seth lui bloquait la sortie, jamais elle n'aurait eu le temps d'abaisser la vitre pour s'échapper.

Un autre coup de sifflet retentit.

Chapitre XIV

Après coup, cela sonnait comme une évidence aux oreilles de Scipione : le trajet le plus direct entre la France et l'Égypte passait forcément par Marseille. Le prochain navire, la *Fleur de Sable*, avait accosté et repartirait le lendemain soir, ce qui ne laissait guère le choix : seul le train de 07h15 pouvait y mener les Égyptiens à temps. Aslin et Scipione étaient partis dès que Ladd avait reçu la confirmation par télégramme, peu avant 07h00, alors que la nuit était déjà tombée.

Ils descendirent du taxi et se précipitèrent dans la gare, se frayant un chemin en bousculant de nombreux passants mécontents. Les deux hommes se séparèrent par souci de discrétion, conscients que même dans un lieu public, leurs ennemis restaient ceux qui avaient massacré la maisonnée de Damien Quéré sans le moindre état d'âme.

Scipione portait sous son manteau une longue dague et un revolver, ce qui ne suffirait vraiment pas en cas d'affrontement sérieux. Il se rapprocha du quai du Paris-Marseille et repéra des visages orientaux dans la foule. Son cœur se serra : ils avaient visé juste. Son regard passa sur un faciès qu'il crut reconnaître, jusqu'au moment où son attention fut attirée par une chevelure rousse.

Isulka. Vivante !

Avait-elle trahi Ladd uniquement pour vendre la bague au plus offrant ou y avait-il une raison plus sombre à sa présence en ces lieux ? Il chercha Aslin du regard, mais ne le trouva pas.

Un coup de sifflet se fit entendre et l'embarquement fut annoncé. C'était le moment : le jeune homme s'avança et se mêla aux passagers, les yeux toujours sur les Égyptiens qui, déjà, montaient dans le train. L'Italien considéra ses options : le voyage entre Paris et Marseille durerait longtemps et lui laisserait l'occasion, surtout en milieu de nuit, d'intervenir. Sa cible se trouvait *a priori* en première classe, ce qui sous-entendait des cabines de quatre personnes. C'était négociable en comptant sur l'effet de surprise.

Une main l'agrippa. Il se retourna et fut surpris de découvrir un Européen d'une trentaine d'années. L'homme lui sourit. Scipione répondit par un mouvement du bras et ordonna à l'homme de le lâcher.

« *Pour Seth !* » fut la lapidaire réponse de l'individu. L'Italien comprit ce qui se passait et recula promptement pour éviter un coup de poignard entre les côtes. Il ne put cependant garder l'équilibre et tomba à la renverse dans la foule, entraînant avec lui un couple de personnes âgées. Des regards outrés se tournèrent dans sa direction. Celui qui l'avait agressé n'en resta pas là et le pointa du doigt en criant :

— Il est armé !

Effectivement, le manteau de Scipione avait révélé ses armes dans sa chute. Les gens s'éloignèrent précipitamment de lui, réduisant à néant tout son espoir de discrétion. Il jeta un dernier regard dans la direction du train et aperçut un policier qui, visiblement, avait saisi l'exclamation de son innocente victime, à en juger par son pas rapide et par la main qu'il avait posée sur son arme.

Scipione se maudit, se releva et s'enfuit. Le policier siffla derrière lui et l'Italien dut pousser des voyageurs et se faufiler dans la foule pour échapper à la loi. Il parvint à sortir de la gare et se mit à courir en direction des taxis et trams, là où il avait le moins de chance qu'une balle perdue ne le touche.

Il entendit un « *Plus un geste !* » dans son dos et s'arrêta, encore trop loin d'une couverture suffisante pour prendre le moindre risque. Il mit les mains en l'air et se retourna lentement. Le policier pointait son arme dans sa direction et se rapprochait en le tenant en joue. Le pauvre homme ne vit pas Aslin dans son dos et ne put éviter un coup de poing à la tempe. Les deux criminels ne demandèrent pas leur reste et prirent la poudre d'escampette avant qu'un témoin inopiné n'appelât d'autres policiers ou gendarmes à la rescousse.

— Isulka est vivante, annonça Scipione lorsqu'ils furent rentrés chez Ladd.

— Vous en êtes sûr ?

— Une rouquine au milieu d'Égyptiens ; il ne peut s'agir que d'elle.

— Très bien, admettons. Cela veut donc dire soit qu'elle travaille avec eux, ce qui m'étonnerait au vu de son instinct d'auto-préservation, soit qu'elle n'a pas le choix, ce qui se rapproche de votre idée première. En ce cas, je ne vois qu'une seule explication : ils veulent l'instrumentaliser dans leur rituel.

— Pourquoi mêleraient-ils une Européenne à leurs histoires ?

— Isis était une magicienne, tout comme votre amie. Elle possédait la bague quand ils l'ont trouvée, ce qui représente sans doute pour eux un signe du Destin. Après, je ne saurais deviner leur dessein profond. Ce que je peux dire, c'est qu'elle se trouve en danger, mais aussi qu'elle peut encore se révéler utile.

— Si nous les retrouvons... Ils embarquent demain pour Le Caire, vous disiez ?

— Oui, et ils devraient débarquer dans un peu plus d'une semaine. Ce qui signifie que nous n'avons d'autre choix que de nous y rendre dans ce délai.

— Vous voulez rire, j'imagine ?

Ladd ne plaisantait pas.

L'Anglais ordonna à son majordome de lui réserver trois billets sur l'Orient-Express qui partait le lendemain. Devant le doute inavoué de Scipione, il daigna lui faire part de son idée :

— Si nous prenons le train demain, en quatre jours, nous rejoindrons Constantinople. De là, nous prendrons le bateau pour Le Caire. Si nous trouvons passage rapidement, nous pourrons même peut-être arriver avant eux.

— Et sinon ? Parce que votre idée me paraît plutôt hasardeuse.

— Sinon nous arriverons après, et nous devrons suivre leur piste dans leur pays. La différence majeure par rapport à la France, c'est qu'en tant qu'émissaire de Sa Majesté, j'aurai plus de poids en Égypte qu'ici.

— Si je comprends bien, vous voulez que nous montions une expédition pour l'Égypte, juste tous les trois, en passant par les Ottomans. Vous êtes complétement fou, Sir Ladd ! D'une part, nous ne connaissons personne sur place, et d'autre part, il s'agit de *leur* pays, un grand pays d'ailleurs, rongé par le désert, les scorpions et les crocodiles, sans parler des serpents. Alors que nous n'avons même pas réussi à les trouver à Paris ! Et puis, vous savez comment ils accueillent les Vénitiens à Constantinople, depuis les croisades ? Les pals à la main et ce, sans exagération aucune.

— Voulez-vous vous retirer de l'affaire ?

Ladd avait l'air sérieux en énonçant cette question. C'était peut-être l'occasion de s'en sortir vivant et de laisser les Égyptiens et les mageresses vivre, mourir et pourrir loin de lui. Qu'est-ce que cela allait lui apporter ? Il n'y gagnait rien. Il ne se rapprochait pas de sa Vendetta et il risquait de finir mort de soif dans le désert, ce qui, paraissait-il, était une fin très douloureuse. Il avait déjà vécu suffisamment d'aventures pour écrire un roman. Aucun bénéfice à en tirer, en résumé.

— Très bien, s'entendit-il répondre avec ahurissement. Je suis partant.

⁂

L'Orient-Express.

La cabine de Scipione était d'un luxe raffiné comme il n'en avait jamais goûté, du moins dans un train, avec une esthétique tout à la française. Les parois intérieures étaient dans un bois verni et décoré qui faisait oublier un instant l'exiguïté du lieu. Il avait de quoi se laver les mains et se rafraîchir tandis qu'un vase fleuri reposait sur une petite tablette en bois. Le voyage se montrerait beaucoup moins houleux que par mer, et il pourrait s'occuper de ses bandages dans une relative quiétude, en espérant qu'il aurait regagné l'usage complet de sa main gauche lorsque viendrait le moment de faire parler les armes.

Le paysage de la France hivernale défilait devant lui, les éloignant doucement de Paris. Il n'avait pas emmené d'autre lecture que le journal, mais il appréciait la vue. Voyager ne l'avait jamais ennuyé.

Une relation étrange s'était installée entre lui, Ladd et Aslin. Il avait trompé et volé l'Anglais, mais, quelque part, sa participation à l'action avait effacé, ou du moins adouci, le conflit. Il n'aurait su l'expliquer, mais il ne regrettait pas de partir pour le bout de l'Europe avec ces inconnus, pour retrouver leur pierre. S'agissait-il de l'attrait de l'aventure ou y avait-il une raison plus profonde qui lui échappait ?

Peut-être mieux encore que la cabine : le restaurant du wagon. Scipione abandonna sa rapière, qu'il avait eu le ravissement de retrouver dans sa chambre d'hôtel avant leur départ, et rejoignit

Ladd et Aslin à leur table. L'Anglais se montrait assez taciturne : il avait expliqué tout ce qu'il fallait à Paris et, n'ayant rien à rajouter à ses propos, ne parlait plus que très peu.

L'Italien se rattrapa sur Aslin :

— Vous n'êtes pas Anglais.

— Définitivement pas.

— Allemand ? Suisse ? Belge peut-être ?

— Irlandais, et fier de l'être.

— Irlandais ? Mais vous ne détestez pas les Anglais en Irlande ?

— Si.

— Pourtant, vous travaillez pour Ladd.

— Oui. C'est une longue histoire.

— Laissez-moi deviner : il vous a sauvé la vie ?

— Non, rien d'aussi dramatique. Disons juste que je lui suis redevable et qu'il paye bien.

Ils passèrent Strasbourg, puis Munich. Plus le train s'avançait dans l'est européen, plus l'hiver marquait les paysages. Les cimes des arbres s'enneigeaient. La végétation était morte, ou plutôt endormie. Il avait du mal à imaginer que ce chemin le menait au Caire et au désert de sable.

Peu après Vienne, il invita Aslin à partager un verre avec lui. L'Irlandais, n'ayant rien de mieux à faire sur l'instant, accepta avec un entrain tout relatif.

— Aslin, vous pensez vraiment que cette secte est sur le point de ressusciter un dieu égyptien ?

— Je ne sais pas. Je dirais que non, mais j'en ai trop vu pour rester inflexible. C'est peut-être pas un dieu, mais un démon, ou je ne sais quel être malfaisant, difficile à savoir. En tout cas, ils essayent et dur.

— Vous êtes catholique ?

— Bien entendu.

— Je n'ai moi non plus aucune certitude quant à ce qu'il se passe. Mais ça m'a davantage l'air de l'œuvre du diable qu'autre chose.

— Ce n'est de toute façon pas la question.

— Ah non ?

— La question c'est : pourquoi y allez-vous ? Nous n'aurons jamais les réponses. Pourquoi le monde est-il ce qu'il est ? Comme on a coutume de le dire, les voies du Seigneur sont impénétrables. Si nous avions les réponses, cela ferait de nous des prophètes, non ? Tout ce que nous pouvons comprendre, c'est pourquoi nous agissons comme nous agissons.

— L'alcool vous rend plein de sagesse, dites donc. Pourquoi vous ai-je suivis ? Je ne sais pas... Le goût de l'aventure peut-être ?

— Vous mentez mal, Scipione.

— Voilà bien la première fois que l'on me dit cela. Je suis d'habitude excellent. Si nous étions en Italie et un peu plus éméchés, cela se traduirait par un duel.

— Ce que je veux dire, c'est que vous vous mentez à vous-même. On ne va pas en Égypte en temps de guerre pour poursuivre une secte de tueurs parce qu'on a une petite envie d'aventure. Il y a des bordels pour ça, ou alors l'armée.

— À quoi pensez-vous alors ?

— Ça paraît évident. Vous en pincez pour la mageresse.

L'Italien éclata de rire devant le ridicule de la chose. Il serait parti même s'il n'avait pas vu Isulka sur le quai de la gare, bien évidemment. Cela ne signifiait qu'il voulait la voir sacrifiée par des fanatiques religieux, mais il ne donnerait pas sa chemise pour l'aider.

— Voyez ? Je prononce son nom et vous devenez tout rouge.

— Mais non. Bien sûr, elle est agréable à regarder, mais ça s'arrête là. Puis, je dois vous avouer, Aslin, que mon cœur est déjà pris.

— Vous êtes marié ?

— Fiancé. Enfin, nous sommes fiancés en secret. Son père ne le sait pas encore, mais ce n'est qu'une question de temps. Imaginez, une belle Vénitienne aux yeux noisette et aux courbes enchanteresses. Jamais je ne la lâcherai et encore moins pour une femme caractérielle, égoïste et acariâtre.

— Si vous le dites. Mais vous ne paraissez pas appartenir à la race de ceux qui se réservent à une seule femme.

— Un homme peut apprécier le corps d'une femme sans lui donner son cœur.

— Malheureusement, l'inverse est aussi vrai : un homme peut donner son cœur et ne jamais toucher le corps. Réfléchissez quand même : nous n'allons pas en Égypte pour secourir Isulka, mais pour empêcher les sbires de Seth de mener à bien leurs diableries. Si elle fait partie du rituel, il faudra peut-être la tuer. Serez-vous capable de lui enfoncer votre fine lame dans son joli petit cœur sans la moindre hésitation ?

— Et vous ?

Aslin ne pipa mot.

Il finit son verre, se leva et tapa l'épaule de Scipione avant de se diriger, quelque peu hésitant, vers sa cabine.

Budapest.

La ville était considérée par beaucoup comme la plus belle d'Europe si l'on omettait Paris. La cité au bord du Danube arborait un charme certain, tout comme les Hongroises qu'ils croisèrent sur le quai, pendant l'escale de l'Orient-Express.

Ladd était enfin revenu avec des télégrammes de la Couronne qui lui donnaient comme instruction de rattraper à tout prix le paquet et qu'assistance serait prodiguée au Caire. Rien ne faisait cependant mention du passage entre l'empire Ottoman et l'Égypte.

Budapest disparut aussi vite qu'elle était apparue.

Les Carpates se présentèrent dans un océan de verdure et de mystère. Le train passa aux abords de petits villages qui semblaient tout droit sortis du Moyen Âge, encore peu touchés par la révolution industrielle, voire même par la renaissance culturelle. Un château aux tours acérées se dessina au loin dans les montagnes, menaçant. Scipione se signa, comprenant pourquoi, dans un tel pays, l'homme pliait humblement l'échine devant les forces de la nature ou celles des ténèbres.

À Giurgiu, une petite ville à l'extrême sud de la Roumanie, ils durent finalement quitter le train parvenu à son terminus, sous une neige qui faisait passer les intempéries de Paris pour des divertissements pour enfants. Les trois hommes descendirent, immédiatement enveloppés par le vent que l'on aurait pu qualifier de sibérien sans trop s'éloigner de la vérité. Ladd s'approcha d'un intendant du train et lui demanda combien de temps serait nécessaire pour rejoindre Constantinople.

— Normalement, vous avez fait le plus long. Il ne reste qu'à franchir le Danube, puis prendre le train jusqu'à Varna, et vous embarquez sur le vapeur.

— Normalement, vous dites ?

— Oui, normalement. Avec le temps qu'il fait, je ne pense pas qu'il y aura beaucoup de passages du Danube ce soir. Si ça se dégage demain, vous aurez de la chance.

Le passeur refusa en effet de les faire traverser dans la soirée et aucune allonge de monnaie n'y fit. Ils durent se résoudre à passer la nuit à Giurgiu. La gare leur trouva, après moultes tractations, un hébergement pour la nuit dans une petite famille roumaine, dont, fort heureusement, les grands-parents parlaient un français somme toute correct.

La nuit, Scipione ne put dormir. Le sifflement incessant d'un vent violent emplissait la nuit de hurlements féroces à faire froid dans le dos. Les éléments se déchaînaient, imperturbables, sans aucune pitié pour les trois voyageurs sur les épaules desquels reposait l'avenir du monde.

Le lendemain matin, entre deux cuillérées de soupe de poisson, le grand-père éclata de rire :

— Passer le Danube aujourd'hui ? Si vous le passez cette semaine, c'est un miracle ! Ah ! Les étrangers…

Chapitre XV

Lorsque, pour la première fois, elle vit l'Égypte de ses yeux, Isulka oublia qu'elle se trouvait prisonnière d'une secte de fanatiques, en route pour un mariage forcé avec un fou aux aspirations divines et que, jamais, elle ne reverrait Paris. Devant la beauté majestueuse du Caire, le regard tourné vers le désert et ses pyramides millénaires, elle n'était plus elle-même, mais un simple témoin de l'alliance entre les forces arides de la nature et l'aspiration de l'humanité à dépasser ses limites.

La ville bourdonnait tout autour d'elle, de sa descente du paquebot jusqu'à la traversée des bazars. L'air embaumait les épices et l'exotisme, les rues étaient bordées par des maisons ou des villas à la blancheur éclatante qui reflétaient un soleil accablant. Les habitants étaient Égyptiens, Arabes, Ottomans, mais aussi Anglais, Français, Indiens ou Américains, et les cultures se mêlaient dans une danse incontrôlée et fluide à la fois.

Ses cerbères revenaient chez eux et ils semblaient soulagés d'un poids. C'était en vainqueurs, après trois mille ans d'une quête désespérée, qu'ils rentraient au pays. Isulka faisait office de trophée, mais également du symbole de la renaissance qu'ils avaient attendue tout ce temps. Cela ne l'empêchait pas de refuser sa situation et de lutter, mais elle en venait presque à comprendre leurs motivations, au final très humaines. Peut-être fallait-il changer de perspective : ce n'étaient ni des monstres, ni des fous, mais simplement des ennemis qu'elle apprenait à respecter.

Eux-mêmes avaient changé à son contact. Elle avait appris pendant leur trajet en mer à s'exprimer, très simplement dans un premier temps, dans leur langue. La première fois qu'elle avait demandé à l'un des gardes qu'il lui apporte à manger en égyptien, l'homme avait perdu son masque de sentinelle et avait souri. La mageresse n'avait peut-être plus accès à sa magie, bien qu'elle y travaillât sans relâche en méditant dès qu'elle en avait l'occasion, mais elle refusait de perdre ses moyens et de se considérer en victime. Oui, elle avait quitté Paris en espérant qu'on la sauvât et avec l'état d'esprit d'une petite fille, mais ce n'avait été qu'une faiblesse temporaire. Ils en avaient fait leur reine, et si elle devait se dresser face à ce destin, il s'agissait là du statut idéal. Elle devait se montrer forte et intelligente.

Les fils de Seth quittèrent le Caire par le Nil, sur une embarcation qui se mêlait aux nombreuses autres qui naviguaient sur le fleuve le plus long du monde.

Un Sphinx gigantesque leur fit rapidement face, masquant de son visage mystérieux une partie de la vallée des rois. Isulka saisit Ankhfareh par le poignet, comme on le ferait avec sa sœur ou une amie de toujours :

— Comment dis-tu « c'est magnifique » ?
— A Rabeh.

La mageresse se tourna vers les deux autres femmes, Rani et Jehera. Tout en leur désignant le Sphinx et les pyramides d'un large geste de la main, elle essaya :

— Hara Beh.

Elles ne purent s'empêcher de rire devant ce qui devait s'apparenter à une jolie faute de langue. Ankhfareh souriait également : elle se pencha à l'oreille d'Isulka, et cette dernière ne put s'empêcher de rougir quand elle entendit la traduction. Elle se reprit bien vite et se pencha sur le bastingage, devinant plus que ne discernant son reflet dans les eaux du Nil. Sa demoiselle de compagnie l'imita.

— Tu vois les plantes vertes qui sont juste au bord du fleuve, celles dont les feuilles ressemblent à une ombrelle ? C'est du papyrus.

— Vraiment ? Une plante aussi fine ?

— Oui vraiment. Et regarde, juste sur le bord, au milieu des tiges.

— Qu'est-ce que je cherche ?

— Là, juste là. Il reste immobile, mais tu peux deviner sa queue et sa gueule.

— Oh. Mon. Dieu. C'est un crocodile !

La jeune femme recula instinctivement du bord de la barge. Elle se rendit vraiment compte à cet instant qu'elle se trouvait loin de la France. Si une péniche chavirait à Paris, on risquait certes de se noyer, ce qui s'avérait déjà dangereux. Si leur bateau avait le moindre problème en revanche, il faudrait survivre à ces créatures, mais probablement aussi aux serpents, aux scorpions, aux mygales ou à pire encore. Elle avait pensé un instant qu'elle pourrait simplement sauter par-dessus bord à la nuit tombée, si l'occasion lui était donnée. Mieux valait trouver meilleure idée…

— Ne t'inquiète pas, Isis, jamais un crocodile ne ferait du mal à une reine d'Égypte. Tu es sacrée, tout comme eux.

— C'est quelque chose qui reste à démontrer ou pouvons-nous considérer cela comme acquis ?

— Non, non. Bien sûr. Il n'y a rien à prouver.

Lorsque la nuit tomba ils n'étaient plus en vue du Caire depuis quelques heures. Seth invita la mageresse à partager son repas et elle dut se préparer une nouvelle fois comme l'aurait fait une reine. Ankhfareh l'aida à s'habiller, ce qui n'était pas nécessaire, mais de circonstance.

— Que peux-tu me dire sur ton père ?

— C'est quelqu'un de très dévoué à son peuple. Lorsqu'il a pris le pouvoir, cela lui a valu beaucoup d'ennemis. De nombreux suiveurs de Seth ne croyaient pas qu'il pourrait retrouver le joyau, et ils n'avaient pas confiance en lui. Nous étions plus nombreux avant ma naissance, mais notre but jamais ne fut aussi proche.

— Où se trouvent ces autres adeptes de Seth ? On ne renonce pas à sa foi comme ça, j'imagine.

— Nous vivions cachés depuis l'Antiquité. Les prêtres des autres dieux nous pourchassaient à l'époque, mais nous avons survécu à travers les siècles. Quand la fin des pharaons vint, nous étions déjà habitués à l'ombre. Les autres cultes n'ont pas su s'adapter, même si certains existent peut-être encore aujourd'hui. Pour en revenir aux autres membres du culte, ils ont peut-être rejoint d'autres clans.

— Il y a d'autres clans ?

— Oui, bien sûr. Ils devraient nous rejoindre à Râ-khaton, pour le mariage.

— Votre père s'appelle Seth, comme le dieu. Les autres chefs de clan s'appellent également Seth ?

— Je préfère ne pas en dire davantage.

Isulka embrassa Ankhfareh sur le front et rejoignit le prêtre dans la salle principale de l'embarcation, vidée de tout personnel pour l'occasion. Le bateau, suffisamment grand pour transporter trois fois plus de personnes à son bord, apparaissait ainsi très nu.

La jeune femme s'installa en face de l'homme. Elle se souvint quand la créature avait jailli de sa tête ainsi que la frayeur sans fin qu'elle avait ressentie, acculée par des serpents, à la merci de ce monstre. Elle frissonna rien qu'à cette idée. Elle n'aimait pas l'admettre, mais l'homme la terrifiait. Il ne lui adressa pas un sourire et ils mangèrent dans un silence uniquement interrompu par le personnel du bateau qui venait les servir.

Au-dehors la nuit s'était répandue, noire et froide. Les torches offraient une maigre chaleur, mais la mageresse était transie, car trop peu vêtue.

— Vous n'avez pas capitulé.

Il ne s'agissait pas d'une question, juste d'une affirmation qui brisa le silence. Il avait raison, évidemment. Elle n'avait pas trouvé comment il avait procédé pour bloquer sa connexion avec le feu, mais cela ne l'empêchait pas d'y travailler. C'était quelque chose de difficile, car fondamentalement opposé à la magie qu'elle pratiquait depuis son enfance : elle avait toujours dû se concentrer pour inhiber celle-ci. Faire usage de la magie était pour elle l'absence de blocage, et non un effort conscient. Elle en arrivait à la conclusion que Seth, par un moyen ou un autre, l'inhibait à sa place, ce qui devait exiger de lui un effort considérable qu'il ne pourrait pas maintenir éternellement.

— Vous allez l'air fatigué, Seth. C'est bien comme ça que je dois vous nommer ?

— Pour le moment, oui. Lorsque nous serons unis, vous pourrez m'appeler « mon époux », si vous préférez.

— Ladd m'a expliqué votre but. Vous pensez que si vous me violez, vous deviendrez roi.

— Il ne s'agit pas de pouvoir, Isis.

— Ne m'appelez pas Isis. Nous sommes entre nous, mon nom est Isulka, bague ou pas, couronne ou pas. Je ne suis pas une reine égyptienne. Je donne des spectacles de magie.

— Votre nom lorsque vous étiez mortelle n'a plus d'importance. Tout comme qui j'étais n'en a aucune.

— Je ne suis pas immortelle. Regardez.

Elle saisit le couteau à viande de la main droite et se coupa au niveau du pouce dans un mouvement rapide. Des larmes lui vinrent aux yeux, mais elle ne cria pas. Du sang coula entre ses doigts, chaud et visqueux. Elle tendit la main dans la direction du prêtre :

— Voyez ? Une déesse saignerait-elle ?

— Peut-être pouvez-vous mourir, mais cela ne signifie rien, car, dans l'au-delà, vous ne serez pas humaine. Vous rejoindrez les dieux. Vous êtes une magicienne, tout comme la déesse Isis. Je ne voulais pas de votre présence. Je pensais que vous n'étiez qu'un obstacle à la réalisation de notre destin et je vous aurais tuée sans hésitation. Mais les dieux vous ont choisie.

— Je suis une mageresse, pas une magicienne. Je n'ai jamais aimé les baguettes et les chapeaux plein d'étoiles. Enfin, j'étais une mageresse. Depuis que je vous connais, je n'ai plus le moindre pouvoir. N'est-ce pas là la preuve que je ne suis pas la déesse ? Isis sans magie n'est rien.

— Vous vous trompez sur l'héritage d'Isis. Seth et Isis étaient ennemis, certes, mais il la respectait. Elle a bravé la terre des morts, elle s'est dressée contre lui quand il atteignait le sommet de sa gloire, elle a affronté la colère de son fils et des autres dieux. Ce ne sont pas ses pouvoirs qui définissent Isis, mais son cœur.

— Et avec tout ça, vous ne me craignez pas ? Quel homme !

— Encore une fois, vous faites erreur, mageresse. Je vous crains et vous respecte.

Des temples immémoriaux défilèrent dès le petit matin, certains pas plus grands qu'une chapelle, alors que d'autres s'étendaient à perte de vue. Elle passait du temps à admirer les paysages. Elle comprenait à présent l'importance du fleuve. Sur ses rives, la végétation était luxuriante, sauvage et vivante, une rivière d'émeraude qui enchâssait le Nil dans le moindre de ses méandres. Au-delà, le désert attendait, brûlant et dangereux, omniprésent. Il n'était guère étonnant qu'il s'agît d'une terre où les dieux importaient tant, entre de tels extrêmes pourtant si proches.

— Râ-khaton est encore loin, lui expliqua Ankhfareh.

— Au plus loin elle se trouve, au mieux je me porte.

— Père ne t'a pas convaincue ? Cela me rend triste de te voir résister à ta destinée.

— Je crois que chacun est maître de son destin. Ce n'est peut-être pas aussi rassurant, mais je porte volontiers ce fardeau. Rien n'est décidé pour nous par avance.

— Que vois-tu ? demanda Ankhfareh en lui montrant le paysage.

— Je vois une rivière, le désert, le ciel, le soleil. Là-bas, il y a la ruine d'un temple, si je ne me trompe pas. Il y a des paysans dans les champs, certains nous regardent, la plupart nous ignorent. Pourquoi ?

— Moi, je vois l'oubli. Nous avions un pays magnifique, des connaissances vertigineuses, du pouvoir et de la sagesse. Tout a disparu avec le temps. Notre civilisation n'est plus qu'un mot du passé et qu'une vue au bord de la rivière, engloutie par le sable.

Isulka passa sa main sur la joue de la fille de Seth et essuya une larme avec son pouce. Elle comprenait la nostalgie et la mélancolie de la jeune fille, qui vivait dans un rêve, attachée à un passé qui n'était pas le sien.

— Je sais ce que cela fait de vivre sans patrie, sans passé. Ma mère était une femme exceptionnelle, gentille et douce. Mais, dans mon pays natal, il y avait des tabous. La magie en faisait partie. Elle avait appris à cacher qu'elle n'était pas comme les autres femmes du village, mais je différais également. Je n'ai pas su le dissimuler comme elle. J'étais sans doute trop jeune. La magie fait partie de moi, et j'ai mis des années à apprendre à la dominer ou juste à ne pas la laisser me contrôler.

— Qu'est-il arrivé ?

— Lorsque la vérité a éclaté, disons que cela s'est terminé tragiquement pour elle. Comme j'étais encore une enfant, on m'a laissé la vie sauve, mais j'ai dû quitter mon village et laisser tous ceux que je connaissais derrière moi. Tu vois, je peux comprendre.

— Je... Je n'ai jamais connu ma mère. Père m'a dit qu'elle avait péri en me donnant naissance. Il ne me parle jamais d'elle, mais parfois j'y pense. Je me dis que ce devait être une femme admirable, pour séduire un homme tel que lui.

Isulka se montrait sincère dans sa confession et elle n'avait rien contre Ankhfareh, qui était une jeune fille agréable et plutôt sensée, si l'on exceptait le côté sectaire. Mais la mageresse ne devait pas commettre l'erreur de la considérer comme une amie, encore moins comme une petite sœur. Ankhfareh était la fille de Seth, et si Isulka voulait échapper à celui-ci, manipuler sa fille s'avérait malheureusement la meilleure option à sa disposition.

— Ankhfareh, je voulais te dire que je suis désolée.
— Désolée ? Mais pourquoi ?
— Ma présence doit être douloureuse pour toi. Crois-moi, après le mariage avec ton père, je ferai tout mon possible pour que tu restes auprès de nous. Tu ne seras peut-être pas son héritière, mais tu resteras sa fille, je te le promets.

Le visage de l'Égyptienne se ferma. Elle ne s'était probablement jamais demandé ce qui adviendrait d'elle et de la relation qu'elle entretenait avec son père après le mariage, mais s'il devenait un dieu et épousait une déesse, il n'y avait qu'une seule certitude : la fille qu'il avait eue lors de sa vie de mortel deviendrait un embarras.

Et maintenant, Ankhfareh, à défaut de pleinement le réaliser, commençait à s'interroger.

Chapitre XVI

Quand l'argent et les promesses ne menaient nulle part, alors venait le temps de menacer : voilà une des leçons que Scipione avait découverte au fil des années, parfois du bon côté de la menace, parfois du mauvais. C'était en tout cas grâce à cela qu'ils avaient passé le Danube malgré le froid, le vent, la neige et les courants. Ils n'avaient pas péri, malgré quelques frayeurs. Le désavantage de cette négociation brusque se traduisit cependant par le mécontentement qu'elle avait suscité lorsqu'une fois à terre, le batelier les avait dénoncés.

Le cheval que Scipione avait dû emprunter en échappant à la petite, mais pas insignifiante foule en colère accusait la fatigue d'un galop soutenu. À ses côtés, Aslin et Ladd étaient couchés sur leurs montures, pour ne pas souffrir outre mesure du vent glacial et, accessoirement, des balles qui fusaient de temps à autre.

On ne voyait pas d'un bon œil l'emprunt de chevaux en Bulgarie, comme le démontrait la détermination de leurs poursuivants.

La route, ou plutôt le chemin, se dégagea et enfin la voie ferrée apparut. Sans attendre, les trois hommes dirigèrent leur monture vers les rails, toujours poursuivis par les Bulgares.

— Il faut faire front ! cria Aslin.

— Le train ! répondit Ladd.

Scipione regarda droit devant lui, mais ne vit pas le train, en tout cas pas distinctement. En plissant les yeux, il discerna la fumée noire un peu moins loin que l'horizon. Autour d'eux la forêt s'étendait, inextricable et dangereuse. Les chevaux s'épuisaient, mais pas plus vite que ceux de leurs nouveaux amis.

Tout à coup, l'épaisseur boisée disparut, remplacée par un gigantesque précipice uniquement traversé par un long pont en bois qui reliait les flancs des montagnes.

— Droit devant ! hurla Scipione tout en laissant passer l'Anglais et l'Irlandais devant lui.

Sa monture sembla aussi apercevoir le vide vers lequel ils galopaient. Il se pencha et lui murmura à l'oreille des mots de réconfort tout en flattant son encolure. Les animaux tremblaient, paniqués par des coups de feu plus sporadiques maintenant. Davantage d'excitation risquait juste de les tuer, leurs cavaliers avec.

Le son des sabots contre le bois du pont résonna dans la vallée enneigée. Le vent s'engouffrait avec une puissance insolente et rester en selle exigeait un effort de tous les instants. Le vide, de part et d'autre, n'attendait que le moindre faux-pas pour leur offrir une fin abrupte, quelques deux cents mètres plus bas, au fond du ravin. Sa seule consolation fut d'apercevoir le train qui contournait la montagne au loin. Si les chevaux ne rendaient pas l'âme trop tôt, ils auraient peut-être une chance de le rattraper.

Une balle ricocha juste devant lui et manqua de lui faire perdre le contrôle de sa monture. Les poursuivants avaient accéléré leur allure, malgré le terrain critique, craignant sans doute qu'une fois de l'autre côté, les voleurs de chevaux s'arrêtassent pour les tirer comme des pigeons. Scipione se signa, avant de dégainer son revolver d'une main raidie par le froid. Il prit une profonde inspiration, affirma sa prise sur les rênes de la jument et se retourna sur sa selle, arme au poing. Il prit le temps de viser, terriblement gêné par les à-coups de la chevauchée et par le vent, tout en faisant le maximum pour ne pas regarder en contrebas.

La première fois qu'il pressa la détente, il ne blessa que le vide, mais le cavalier en-tête ralentit sa course.

— Pardonne-moi…

Scipione visa plus bas et tira plusieurs fois, avant de finalement toucher le cheval le plus proche de lui. L'animal émit un cri de terreur et de douleur, et glissa, entraînant son cavalier avec lui. Ce dernier ne se rattrapa pas au pont et disparut dans le vent et la neige avec un dernier cri d'horreur. Les autres Bulgares ne purent tous s'arrêter à temps et Scipione vit plusieurs d'entre eux s'envoler vers leur mort, au fond du gouffre. Les quelques survivants abandonnèrent la poursuite là.

Il se retourna, fier de lui, puis jura en voyant la fin du pont et l'arc que traçaient les rails. Il tira sur les rênes de toutes ses forces et resta miraculeusement en selle quand l'animal changea de direction, lui évitant de s'écraser contre la falaise.

Il rejoignit Ladd et Aslin et tous trois arrivèrent à temps à la gare de Nikolovo pour attraper le train à destination de Varna.

Sans valise ni affaires, à part ce qu'ils portaient sur eux au moment de la chevauchée, ils atteignirent le petit port bulgare à l'aube, avant d'embarquer et de rejoindre Constantinople par la mer noire.

Après moultes tractations, promesses et pots de vin, ils laissèrent derrière eux l'empire ottoman, l'Europe et le monde qu'ils connaissaient.

Le Caire.

À la capitainerie du plus grand port du Levant, ils apprirent à regret qu'ils avaient trois jours de retard sur la *Fleur de Sable*. Jusqu'à ce moment, Scipione s'était imaginé secourir Isulka à son débarquement du navire et récupérer la bague, aidé par la garnison anglaise. C'eût fait la une des journaux : l'arrestation d'une secte fanatique par l'armée grâce à l'action héroïque d'un bel Italien.

— Tout n'est pas perdu, commenta Ladd en sortant de la capitainerie. Je vais aller prendre contact à l'ambassade, j'y obtiendrai, je l'espère, de plus amples informations.

— Très bien. Aslin et moi allons nous renseigner au port. Ils ne doivent pas voir une femme rousse accompagnée de locaux tous les jours.

— Bonne idée. Voyez également du côté du Nil. S'ils ont quitté Le Caire, ils auront très certainement privilégié la voie fluviale. Nous pouvons nous retrouver dans trois heures à l'ambassade.

— Parfait.

L'Anglais partit de son côté et les deux hommes commencèrent à haranguer les marchands, leur demandant en français ou en anglais s'ils avaient vu une femme aux cheveux roux. La barrière de la langue fut un obstacle tout d'abord, mais à force de signes et gesticulations, ils parvinrent à peu près à se faire comprendre. Visiblement étrangers, ils se firent proposer des poulets, des soieries, une chèvre, de la poterie, et même de l'opium. Une foule de gamins s'en prit à l'Italien, piaillant, criant et tendant les mains pour obtenir de l'argent ou des cigarettes jusqu'à ce qu'il se débarrassât d'eux en sacrifiant une poignée de centimes français.

— Avez-vous vu une femme. Blanche. Cheveux rouges ?

— Oui, oui, répondit un Égyptien d'une soixantaine d'années qui vendait du poisson frais aux abords du Nil depuis son embarcation, une barque à la peinture écaillée depuis un bon moment.

— Et vous savez où ils sont partis ?

— Par le Nil, mon ami.

— C'est grand le Nil. Vous pouvez être plus précis ?

L'homme pointa du doigt un petit bâtiment non loin de là.

— Parlez à Niram. Ses bateaux.

Scipione donna une pièce à l'homme, qui répondit par un sourire en partie édenté, et fit signe à Aslin de le rejoindre.

Il partagea succinctement les informations et les deux hommes s'avancèrent vers le bâtiment en question. À l'extérieur, à l'ombre, des joueurs de cartes aux expressions dures les regardaient d'un œil mauvais. S'il avait été en Italie, Scipione aurait juré qu'il s'agissait là du restaurant d'un parrain.

Ils entrèrent et furent accueillis pas des effluves de tabac. Ils étaient les seuls étrangers à l'intérieur de ce qui pouvait se décrire comme un croisement entre le tripot et la fumerie, mais étonnamment sans alcool. Un grand gaillard qui faisait deux têtes de plus qu'eux se dressa devant eux et croisa les bras.

— Scipione ? interrogea Aslin.

— On cherche un certain Niram ? répondit l'Italien à voix haute, interrompant les quelques conversations qui avaient survécu à leur entrée.

L'homme qui leur barrait la route ne bougea pas d'un pouce. Scipione se rendit compte qu'il avait rapproché les mains de sa ceinture par instinct.

— Mahmed.

Le géant les toisa encore quelques instants, puis se poussa. Derrière lui se trouvait une petite table, occupée par un homme aux cheveux longs et à la moustache épaisse. Il leur fit signe de s'approcher.

— Vous êtes Niram ?

— Qui le demande ?

— Mon ami, Aslin et moi-même, Scipione di Lucantoni.

— Français ? Anglais ?

— Non mon cher, Italien, et fier de l'être.

L'autre homme marqua une pause, se demandant certainement s'il allait leur parler ou leur faire briser les os par ses amis. Un coup d'œil vers la garde de la rapière et il se renfonça dans son siège.

— Que voulez-vous ?

Scipione posa quelques francs sur la table, avant de répondre :

— Juste quelques informations. Je recherche une femme aux cheveux roux. Elle est accompagnée de petits gars au crâne rasé et maquillés. Ils auraient pris un bateau à vous pour le Nil. Ça vous dit quelque chose ?

— Non, rien. C'est tout ?

L'homme avait répondu avec précipitation. Ses yeux n'étaient plus posés sur les étrangers, mais derrière eux, sur ses hommes. Il semblait aux aguets. Or un chef de bande s'inquiétait rarement chez lui, surtout entouré par des gens armés. Ce n'était pas de Scipione qu'il avait peur, évidemment, mais il savait quelque chose.

Scipione sortit quelques autres pièces qu'il posa également sur la table. Le pot de vin commençait à devenir significatif.

— Vraiment ?

Niram compta les pièces des yeux, mais il secoua la tête en signe de négation. L'Italien ramassa les pièces, ostensiblement, mais en laissa une :

— Pour le dérangement.

★
★★

— Que fait-on ? demanda Aslin.

Pour toute réponse, Scipione s'approcha d'un marchand de tissu, au coin de la rue, et négocia âprement deux capes de coton aux couleurs locales, dans des tons marron foncé. Il en jeta une à Aslin et enfila la sienne.

— Visiblement, le Niram a peur, ce qui est bon signe. Il doit connaître les fils de Seth et prendra sûrement contact avec eux. Nous attendrons sagement et le suivrons quand il passera à l'action.

— Vous voulez qu'on suive une bande d'Égyptiens armés, dans leur pays, à deux, et attendre qu'ils nous mènent gentiment à d'autres types, eux aussi armés jusqu'aux dents ?

— Exactement. Un problème avec ça ?

— Aucun, c'était juste pour confirmer.

— Tenez, quand on parle du loup…

Cinq hommes sortirent de la planque, visiblement inquiets, car regardant à droite et à gauche. Le géant était présent, tout comme Niram. Les deux étrangers leurs emboîtèrent le pas, capuche relevée, avec une discrétion aiguisée par des années de larcins.

Ils traversèrent des rues plus étroites, bordées par des habitations en partie ouvertes. Les locaux vivaient ici entre eux, toute trace de l'Occident disparu. Le soleil, à son zénith, forçait les habitants à s'abriter à l'ombre. Ils discutaient ou marchandaient, en attendant de pouvoir revivre dans les rues quand la température redeviendrait supportable. Ils croisèrent un groupe de femmes voilées, qui sortait d'une petite mosquée, avant de s'enfoncer dans un bazar où coton, animaux, plantes et épices s'échangeaient sans relâche ni pitié. Les nombreuses couleurs des échoppes improvisées rompaient avec le sable et le blanc des murs. Personne ne leur prêtait attention outre mesure.

Niram et ses sbires s'enfoncèrent dans une ruelle étroite et les deux hommes les imitèrent. Ils se rendirent compte de leur erreur rapidement, car ceux qu'ils suivaient les attendaient de pied ferme, armes au clair.

Aslin dégaina son arme à feu, mais Scipione lui mit la main sur le bras avant qu'il ne tirât :

— Vous voulez que tout Le Caire sache que nous sommes là ?

L'Irlandais haussa les épaules et remplaça le revolver par ce long et large poignard à l'air américain qu'il portait déjà à Paris. Trois de leurs adversaires chargèrent, cimeterres en main, tout en hululant étrangement.

Scipione avait dégainé sa petite et sa grande arme, qu'il arrivait de nouveau à manier correctement. Il considéra la longueur de sa lame, par rapport à celles des deux hommes qui le chargeaient et qui se trouvaient à présent à trois pas seulement du combat. Il en vint rapidement à la conclusion qu'il possédait l'avantage de la portée.

Il se fendit en avant, sa pointe se logeant tout simplement dans la gorge de son adversaire de gauche, alors que le sabre de celui-ci frappait l'air. Il dut cependant parer de sa dague, toujours tenue à la main droite, l'attaque d'un autre guerrier qui mit toute sa force dans le coup, l'obligeant à reculer en projetant sable et poussière. Une fois au contact, l'avantage de la portée n'était plus, mais, par un habile jeu de jambe, le spadassin recula et chassa l'acier de l'homme sur le côté.

Voir son allié mortellement touché au premier échange avait quelque peu calmé son ennemi qui, à présent, tenait bien son arme devant lui. Scipione reprit l'offensive et alterna piqués au buste et aux bras, tous deux parés. Il accéléra le mouvement et toucha l'homme à la jambe, avant de le fouetter de sa lame au visage, technique loin d'être mortelle, mais à l'effet psychologique marqué.

Aslin de son côté avait paré une attaque de son poignard et avait saisi de sa main nue la lame épaisse du cimeterre. Cela surprit son adversaire, à qui l'Irlandais administra un coup de tête fracassant. Il n'en resta pas là et s'avança vers Niram et Mahmed.

L'ennemi de Scipione tenait son arme à deux mains, le visage ensanglanté, frappant à droite et à gauche de manière chaotique. L'Italien attendit : prendre un coup perdu n'était jamais une bonne façon de finir un combat et, s'il voyait bien des ouvertures, le comportement de l'Égyptien rendait toute défense hasardeuse.

L'homme se fatigua seul cependant et devint rapidement haletant et désordonné. Scipione saisit sa dague par la pointe d'un joli coup de poignet et la lança sur son adversaire dans le même mouvement, lui perforant le ventre. Le guerrier resta figé, les yeux sur le manche qui sortait à présent de son abdomen, traumatisé. L'Italien en profita pour lui glisser sa rapière entre les côtes et remonter vers le cœur de l'homme. Il tourna la lame violemment et tua son adversaire, à qui il adressa un *Ave Maria* silencieux. Il ramassa sa dague, l'essuya et partit à la rescousse d'Aslin.

Il admira un instant la dextérité et la puissance de l'Irlandais qui luttait à mains nues contre le géant. La force pure d'Aslin n'égalait peut-être pas celle de l'homme, mais il plaçait ses coups uniquement quand il avait une réelle opportunité, ce qui blessait et épuisait un adversaire qui, malgré son physique imposant, ne parvenait pas à mettre en difficulté son ennemi.

En voyant Scipione, Niram s'enfuit à toutes jambes. L'Italien lança de nouveau sa dague, qui, par chance, heurta le fuyard par le manche, et non la pointe. Il sprinta et rattrapa le chef quand celui-ci se relevait, cimeterre à la main.

— Allons, l'ami. Je ne souhaite pas vous tuer, je veux juste une information.

Il recula et para de sa rapière un coup tranchant. La lame vibra sous le choc, mais l'Italien resta imperturbable.

— Les fils de Seth n'en sauront rien, promis.

Niram agita habilement son sabre à droite, à gauche, pour déstabiliser son adversaire avant de frapper par le haut. Scipione ne fut pas dupe, il connaissait mieux que quiconque la *Commedia*, l'art de distraire et de simuler. Il esquiva et repoussa l'homme du pied, avant également de faire démonstration de ses talents dans une botte impressionnante : il changea sa rapière de main tout en tournant sur lui-même et finit la figure par une frappe à l'épaule. Il toucha l'homme qui recula, la main sur une blessure profonde, visiblement peu habitué à bretter avec des escrimeurs de métier.

Scipione s'avança de nouveau, croisa le fer et glissa sa lame dans la garde de Niram, coup risqué, mais qui fit lâcher son cimeterre à l'Égyptien. Le vainqueur saisit son adversaire par le col, le plaqua contre le mur et lui posa la pointe de la rapière contre la gorge.

— Assez joué. Où sont-ils ?

Les deux hommes rejoignirent l'ambassade avant la tombée de la nuit. Ladd les y attendait, installé dans une chaise à lire le journal. Il leva les yeux avec intérêt quand ils l'approchèrent, mais masqua avec brio tout signe d'énervement quant au retard significatif de ses employés.

— Messieurs ? À en juger par l'état de vos tenues, vous n'êtes pas restés oisifs.

— Pas vraiment, non, répondit Aslin. Ils ont quitté Le Caire le jour de leur arrivée et se dirigeaient vers Râ-khaton ou quelque chose comme ça. C'est une ville en ruines perdue dans le désert, au sud de l'Égypte.

— Voilà une bonne nouvelle, je vais en aviser le colonel McCarthy. La Reine a pris les événements très au sérieux et, si elle ne pouvait nous aider en France, elle a ici mis à notre disposition un escadron de soldats britanniques ainsi que des mercenaires locaux.

— Vous envisagez une action militaire ? interrogea Scipione.

— Je ne vois guère d'autre solution, malheureusement. Plus nous descendrons vers le sud, plus ils seront sur leur terrain. J'espère qu'il n'y a que les hommes que vous avez vus à la gare, mais si vous dites vrai, même à Paris, des Européens les aidaient.

Je doute donc qu'ils soient seuls quand nous les rattraperons. Maintenant, Messieurs, si vous n'avez pas d'autres éléments, restons-en là pour ce soir. Nous partons à l'aube.

Chapitre XVII

Les fils de Seth quittèrent le Nil au sixième jour pour s'enfoncer à dos de chameau dans le désert profond. Les dunes se succédèrent, harassées par un soleil flamboyant qui jamais ne semblait faiblir. Respirer était pénible tant la chaleur était suffocante, mais les Égyptiens semblaient à peine la remarquer. Parfois, un vent chaud et sec se levait et dansait autour d'eux, empirant une situation déjà à peine supportable.

La vie se cachait, absente et inexistante. Ils avaient commencé à fouler la terre des morts sans s'en rendre compte. Pour Isulka, il s'agissait là d'un pèlerinage, une traversée des étendues mortes qui la rapprochait d'Isis, celle qui avait bravé les enfers. Son escorte restait étrangement silencieuse, n'échangeant des mots que lorsqu'il fallait installer les tentes ou repartir. Ankhfareh ne faisait pas attention à elle, distante. Plusieurs fois, la mageresse vit sa demoiselle de compagnie observer son père sans mot dire, perdue dans de noires pensées.

Seth les guidait, droit sur sa selle, chaque jour plus déterminé encore que le précédent. Il ne regardait toujours que devant lui, concentré sur le chemin à parcourir, et jamais celui qui se trouvait derrière lui. Elle ne l'aurait jamais avoué, mais si elle connaissait une personne au monde qui avait l'étoffe d'un roi, c'était bien lui. Quel genre de roi restait à préciser.

Trois jours, ils avancèrent, en selle de l'aube jusqu'au crépuscule, jusqu'à ce qu'elle entendît finalement les hommes en tête crier de joie en arrivant en haut d'une dune plus haute que les autres. La mageresse échangea un regard avec Ankhfareh et s'avança.

Devant elle, dans une vallée créée par les sables et la pierre, avait jailli au milieu du désert une perle de vie et de couleurs, une oasis de la taille d'une petite ville, un espace que l'eau avait repris au sable dans un dernier acte de vaillance. Le soleil se reflétait dans les bassins, si bien que l'étendue était nimbée d'or pur et liquide. Au centre se dressait fièrement une large structure de pierres, érigée par l'homme il y avait des éons de cela, entourée de murs hauts visiblement plus récents.

— Râ-khaton, énonça Seth avec fierté. La nouvelle cité de Seth.

Un de ses hommes s'élança le premier et alla annoncer l'arrivée de la reine et de son futur époux. Seth fit signe à Isulka de s'avancer à son niveau et tous deux ouvrirent la marche vers Râ-khaton.

De près, la vue était plus belle encore. Des oiseaux multicolores s'élançaient depuis de grands palmiers à leur approche. Les bassins abritaient tout autant la vie, habités par des poissons, des grenouilles ou encore des serpents et des lézards. Elle aperçut même un chat sauvage qui les observait attentivement, caché dans de hautes herbes.

La jeune femme retint son souffle lorsqu'ils arrivèrent en vue de la cité : une allée de plusieurs centaines de mètres se dessinait au sol, suffisamment large pour laisser passer une petite armée et bordée par des dizaines et des dizaines de sphinx qui leur montraient la voie. Au bout, se trouvait un mur haut comme quinze hommes qui abritait de gigantesques portes d'airain, protégées par des obélisques et des statues qui imposaient un respect absolu.

Ils passèrent sous l'œil des dieux géants qui, elle le remarqua, constituaient tous des variations de Seth. Lorsqu'ils franchirent les portes titanesques, elle comprit intimement l'expression « dans la gueule du loup ».

Quand ils entrèrent, une clameur retentit et résonna dans l'enceinte de la nouvelle cité. Partout autour d'elle, des femmes, des hommes et des enfants criaient de joie et appelaient le nom de la déesse. Ils encerclèrent la procession, mains tendues pour toucher la nouvelle Isis. Ils étaient des dizaines, des centaines, convaincus qu'elle, Isulka la mageresse, apportait avec elle une nouvelle ère de grandeur pour son peuple. Que quelques fous l'enlèvent en espérant qu'elle fût une réincarnation restait de l'ordre du possible et de l'imaginable, bien que déjà à la limite. Qu'une foule dont elle ne parlait pas la langue la prît pour un messie allait au-delà de ce qu'elle pouvait concevoir. C'était complètement absurde.

Elle tendit la main en avant et toucha celles de ces gens, pour que l'illusion se dissipât et que la réalité reprît son cours. Elle réalisa que ce n'étaient, hélas, pas des phantasmes nés de son esprit et, malgré le contact physique, ils refusèrent de se dissiper. Seth la regardait, sombrement. Certaines personnes criaient son nom à lui, mais ils n'étaient guère nombreux, et leurs cris se noyaient dans la masse qui célébrait la déesse. Après tout, cela faisait des millénaires que ce peuple recherchait la pierre d'Isis et elle revenait enfin, incarnée. Les suiveurs de Seth étaient des héros chez eux, mais uniquement parce qu'ils avaient ramené Isis avec eux. Les choses auraient vraisemblablement été différentes, s'ils avaient trouvé la bague sans porteuse et avaient eu le loisir de choisir leur nouvelle déesse eux-mêmes. Peut-être le regrettaient-ils à ce moment.

La mageresse croisa le regard d'Ankhfareh et lui adressa un sourire rassurant. Elle ralentit d'ailleurs et, sous les yeux noirs de son futur époux, rejoignit la fille de Seth pour chevaucher à ses côtés. Sans réfléchir, elle saisit la main d'Ankhfareh avant de la lever vers le ciel. Son amie la regarda, perplexe. Elle-même ignorait quelle mouche l'avait piquée, mais l'effet sur la foule fut évident : tous posèrent les yeux sur la jeune fille, qu'ils auraient autrement ignorée dans la liesse. Elle ne devint pas une célébrité pour autant, mais elle n'était plus un simple membre du culte : elle était à présent liée à Isis, et son retour à l'anonymat n'était plus envisageable. Son père se devrait d'agir, d'une manière ou d'une autre. Elle avait peut-être condamné la jeune fille à l'exil ou à la mort, mais séparer le père et la fille était la seule stratégie qu'elle avait trouvée pour échapper à ce que Seth lui préparait.

La procession reprit et entra dans le cœur de la ville, devant un grand temple.

La foule ne les y suivit pas.

Seth mit pied à terre, tout comme son escorte, Isulka se faisant aider par l'un de ses gardes du corps.

Le chef de culte s'avança vers une petite esplanade surplombée d'un brasier incandescent. Là, quatre hommes l'attendaient, chauves tout comme lui. Ils se saluèrent et échangèrent quelques mots qu'Isulka ne comprit pas. Les regards tournés dans sa direction à plusieurs reprises l'informèrent qu'elle était au centre de la discussion.

— Ankhfareh, que disent-ils ?

— Père leur a dit que tu étais la réincarnation de la déesse et que tu avais été choisie par son sang. Ashur, celui qui a une cicatrice au visage, lui a répondu que Seth en jugerait. Père lui a répondu qu'il était Seth et qu'il en avait jugé ainsi.

Celui qu'Ankhfareh avait identifié comme Ashur cracha sur le sol et posa la main sur son arme en bronze, mais l'un des autres l'arrêta. Le pacifiste reprit la parole.

— Là, il demande à père pourquoi il serait celui qui deviendrait Seth et qui te prendrait pour femme. Mon père lui répond qu'il ne peut devenir ce qu'il est déjà. La Déesse a été montrée à père et c'est lui qui doit prendre la place de roi à tes côtés. Sans lui, ils ne seraient encore que des mendiants dans le désert. Ils lui doivent plus que la vie, ils lui doivent leurs âmes. S'ils en doutent, qu'ils le défient.

Ainsi, Seth n'était pas le seul maître de clan de son culte, mais il se faisait néanmoins appeler par le nom de son dieu et prétendait au titre qui y était lié. Ses propos, bien que belliqueux, prouvaient que, même parmi les siens, il n'était pas tout-puissant.

— Ashur répond qu'ils s'en référeront aux dieux pour juger qui est l'héritier de Seth, mais que, pour l'instant, il est le bienvenu dans la nouvelle cité. Père lui répond qu'il faudra faire vite, car…

— Car ? Ankhfareh ? Car ?

— Il dit qu'Isis ne s'alliera pas à Seth tant qu'ils ne seront pas mariés et qu'il est dangereux de ne pas avoir de roi alors qu'ils ont une reine. Ashur lui répond qu'elle n'est pas reine tant qu'il n'y a pas de preuve.

Seth se rapprocha alors d'Isulka et d'Ankhfareh. Il saisit la main gauche de la mageresse et la montra aux autres chefs de clan. La bague de rubis, nimbée par le soleil, brillait plus fort que jamais. Il s'exprima de nouveau, mais très brièvement, avant de lâcher la prisonnière et de se diriger vers le temple. L'amie d'Isulka l'invita alors à la suivre.

Les chambres de la reine Isis se trouvaient à l'écart, près du temple, dans une aile interdite à la gent masculine. Le corps de la mageresse était considéré comme sacré, intouchable et inviolable, adjectifs qui revêtaient une ironie amère aux yeux d'Isulka. On la gratifia cette fois d'une dizaine de femmes qui, de ce qu'elle en déduisit des explications d'Ankhfareh, ne vivraient à présent que dans son ombre, pour qu'elle ne manquât de rien et que son âme et son esprit se consacrassent entièrement à son devoir céleste et, plus prosaïquement, à son époux.

Ses appartements étaient plus grands que la maison dans laquelle elle avait grandi, jardin compris. Les murs de la chambre affichaient des hiéroglyphes et se drapaient par endroits de longs rubans d'étoffe de soie. Son lit, suffisamment large pour que quatre personnes pussent y dormir sans jamais se toucher, était lui aussi bordé de draperies transparentes. Un sphinx veillait au pied du lit, destiné à protéger les lieux des visiteurs importuns.

La chambre donnait, par une grande porte en pierre, sur une salle de bain, ou plutôt sur des bains, car les deux bassins étaient suffisamment grands pour qu'elle pût y nager si on les remplissait. Le simple fait de faire sa toilette occuperait les jeunes filles qui lui étaient dédiées pendant des heures.

Elle avait également accès à un balcon, qui abritait un petit jardin suspendu. Le sol se trouvait hélas à une vingtaine de mètres en contrebas, ce qui rendait toute échappée impossible. Quand bien même elle se saurait dotée d'ailes, le désert s'étendait à perte de vue, omniprésent. Elle vivrait dans une prison naturelle, sans le moindre garde, dans un luxe qu'elle n'avait jamais connu, mais transformée en objet, une créature sans liberté, un papillon sans ailes. Elle inspira profondément, pour ne pas laisser le désespoir s'installer : elle s'était juré de se montrer forte et de s'en sortir.

— Puis-je disposer ? demanda Ankhfareh, qui l'avait accompagnée pour lui présenter ses appartements.

— Si tôt ? Tu ne veux pas rester un peu ? Cette chambre est immense, je ne saurai pas quoi y faire seule. S'il te plaît.

— Si vous le voulez, Isis.

— Ne me vouvoie pas. Ce n'est pas parce que nous sommes arrivées que j'ai changé, Ankhfareh. Ne veux-tu pas rester mon amie ? Tu es la seule qui peux me comprendre ici. Si je te perds, je me retrouverai vraiment seule.

La mageresse essuya une larme qui avait coulé sur sa joue. Elle ne mentait pas : si cela se passait mal entre elle et la fille de Seth, elle n'aurait personne à qui parler, jamais. L'idée la terrifiait. Elle se retourna, gênée, incapable de s'arrêter de pleurer maintenant qu'elle avait commencé. Si elle ne trouvait pas d'issue, elle resterait ici pour toujours, cachée du monde, reine d'un château dans le sable. Sa vie n'aurait plus de sens, vide de saveur et d'émotions.

Elle sentit les mains d'Ankhfareh contre ses épaules. Incapable de se contrôler, elle se retourna et se blottit contre la jeune fille qui la serra dans ses bras avec une tendresse non feinte. Isulka ne supportait pas cette vulnérabilité émotionnelle. Elle était indépendante et ne s'attachait pas ou, tout du moins, c'était ce qu'elle voulait croire. C'était le mensonge dont elle se nourrissait du réveil au coucher, qu'elle se suffisait à elle-même. Elle ne voulait pas créer de liens, car la douleur était trop forte quand la séparation survenait, mais rester seule lui crevait le cœur et y laissait un vide infini.

Isulka se réveilla. La nuit était noire au-dehors, et seule la lumière de la lune et des étoiles s'invitait dans sa chambre. Elle s'était endormie sans s'en rendre compte, épuisée aussi bien par les voyages que par ses émotions. Ankhfareh dormait paisiblement, sa poitrine se gonflant au rythme lent de sa respiration. La mageresse s'en voulait de l'avoir mise en danger par ses actions. Elle avait entraîné la jeune fille dans un monde de doutes vis-à-vis de son père qui risquait de s'avérer fatal, ce qu'elle ne méritait vraiment pas. Malgré leurs cultures résolument différentes, les deux femmes se comprenaient et Isulka ne voulait pas que sa seule amie souffrît.

Il était hélas trop tard pour le remords, à présent. Elle ne pouvait que guider Ankhfareh vers des choix qui l'aideraient, elle.

Elle se figea, subitement inquiète, et se redressa lentement sur son lit. Elle tendit l'oreille : le silence régnait, si l'on exceptait le son des torches qui devaient encore brûler dans la salle principale. C'est alors qu'elle sentit quelque chose de froid contre sa jambe, glisser dans le lit, sous les draps. Un gémissement échappa de ses lèvres quand elle crut distinguer une forme onduler sous les draps, tout en caressant sa peau.

La mémoire des serpents qui l'avaient poursuivie était encore vivace, la texture de leurs écailles, le son de leur sifflement, leur masse grouillante… Elle sentit un liquide chaud s'écouler entre ses cuisses, pendant que l'animal glissait sous ses vêtements de voyage et remontait le long de son ventre. Elle se mordit la lèvre jusqu'au sang, sans bouger d'un centimètre, saisie malgré sa terreur d'une froide conscience : elle savait que la créature la piquerait si elle tentait le moindre geste.

De longues minutes s'écoulèrent, pendant lesquelles le reptile chercha à s'extirper des habits d'Isulka, arrachant à celle-ci des grimaces de dégoût et de terreur. Il y parvint finalement et, lentement, s'échappa des draps. Isulka ferma les yeux pour ne pas voir la tête du monstre, mais elle se ravisa presque aussitôt : ne rien voir était pire encore. Le cobra s'éloigna d'elle et se rapprocha d'Ankhfareh en silence. Elle en fut à la fois soulagée et terrifiée.

L'animal ne lui prêtait aucune attention et elle en profita, malgré la peur qui lui rongeait l'estomac et lui avait vidé la vessie, pour ôter délicatement son gilet en cuir et l'entourer sans geste brusque autour de son bras droit. Elle prit ensuite une profonde inspiration et, avant que l'animal n'atteignît son amie, plaqua son bras ainsi protégé vers la tête de la bête.

Le serpent se débattit et elle hurla :

— Ankhfareh ! Serpent !

La fille de Seth ne fut heureusement pas longue à réagir et se réveilla immédiatement. Elle glissa hors du lit, les yeux fixés sur l'animal qui enfonça ses crocs à plusieurs reprises dans le cuir. La mageresse retira la main pour s'éloigner, mais le cobra resta planté par les crocs, sifflant en s'entortillant autour de son poignet. Elle poussa d'autres cris d'angoisse et agita son bras comme elle le put pour se débarrasser de l'animal, qui ne lâcha pourtant pas.

Ankhfareh ne perdit pas son sang-froid et, une fois rapprochée, saisit le serpent avec les doigts et le força à lâcher prise. Isulka se recula et heurta le mur, tandis que, d'un mouvement sec, son amie rompit le cou du reptile.

— Je hais les serpents.

La mageresse s'était changée et se reposait à présent dans la salle principale. Elle buvait du thé chaud en regardant les gardes de Seth vérifier ses appartements, centimètre par centimètre. Jusque-là, ils avaient trouvé pas moins de sept serpents mortels, ce qui ne laissait guère de doute : Isulka venait d'échapper à sa première tentative d'assassinat grâce à la chance, une fois n'était pas coutume.

Seth était furieux et avait promis que, dès le lendemain, le coupable se verrait infliger les pires tourments. Les dames de compagnie avaient quitté les lieux pour la nuit, en attendant que justice fût rendue et afin d'éviter toute autre tentative. Seule Ankhfareh avait été autorisée à rester. L'Égyptienne était sous le choc également, mais pas pour les mêmes raisons qu'Isulka. Elle ne craignait pas les serpents outre mesure, mais une tentative de meurtre sur son amie relevait d'un affront contre tout ce que les adeptes de Seth considéraient comme sacré.

Les gardes partirent finalement, et quatre d'entre eux se placèrent à la sortie des appartements, pour intervenir immédiatement en cas de nouvel incident. La fille de Seth était restée sans qu'Isulka lui demandât, malgré le danger qu'elle avait encouru elle-même. La mageresse n'était pas sûre qu'elle aurait pu ordonner à la jeune fille de partir si elle l'avait voulu.

— Je suis désolée, commença la fille de Seth. Je n'aurais pas dû m'assoupir. C'est mon devoir de te protéger ; c'est notre devoir à tous.

— Tu n'as rien à te faire pardonner. Tu ne voulais pas ma mort, si ?

— Non, bien sûr que non. Je me demande qui a pu en arriver là. Essayer de tuer la déesse est impensable ! Je sais que père n'a pas que des amis, mais il n'y a aucun doute quant à la bague, personne ne gagnerait à te faire du mal.

— Peut-être n'était-ce pas contre moi, alors.

Ankhfareh leva les yeux devant l'accusation de la mageresse. Pour Isulka, il était évident qu'on la ciblait : elle était une étrangère qui allait monter sur le trône que ces gens vénéraient depuis des millénaires et, évidemment, elle n'avait rien à y faire. Ce devait être un sentiment partagé par quelques personnes, voire par certains chefs de clan eux-mêmes. Mais elle ne confierait pas le produit de sa réflexion à l'Égyptienne.

— Tu penses que c'est à moi qu'on en voulait ?

— Le serpent ne m'a pas mordue. Je l'ai senti contre ma peau, j'en ai encore la chair de poule d'ailleurs, mais, bizarrement, il ne s'en est pas pris à moi. Dès qu'il est sorti des draps, il s'est précipité vers toi.

— Mais ce sont tes appartements ? Comment quelqu'un aurait-il pu savoir que je serais ici ?

— Je ne sais pas, Ankhfareh. Dans un sens, si l'on te voulait du mal, quelle meilleure diversion qu'une attaque sur ma personne ?

— Mais qui me voudrait du mal à ce point ? Au point de risquer sa propre vie et celle d'Isis ?

— Je... Je pense que je comprends. Je suis profondément désolée, Ankhfareh, c'est ma faute.

— De ta faute ? Comment cela pourrait-il être ta faute ?

— Si je n'avais pas porté la pierre et qu'Isis ne m'avait pas choisie, qui l'aurait été ?

— Ce devait être moi, initialement. Pourquoi ?

— Je n'aurais jamais dû prendre ton bras devant la foule. Je voulais que ton père sache que je te soutiendrais, même après le mariage. Mais si tu devais être Isis, ça fait de toi une prétendante. Imagine qu'Ashur ou un autre des grands prêtres décide que je ne suis pas la véritable Isis et annonce que c'est toi, la fille de Seth qui dois recevoir les honneurs. Cela signifierait que ton père ne pourrait être Seth, à moins d'épouser sa propre fille.

— Tu penses qu'Ashur...

— Non, Ashur a tout intérêt à te garder vivante et à me tuer, moi. Non, Ankhfareh, je pense à ton père.

La jeune fille en était venue à la même conclusion, cela se lisait sur son visage. Isulka avait fait le dernier pas, celui où elle misait sa survie sur une frêle jeune fille qu'elle connaissait à peine. Soit Ankhfareh acceptait cette accusation qui, si elle s'avérait fausse aujourd'hui, ne le demeurerait pas longtemps, soit elle restait du côté de son père, coûte que coûte.

— Il ne ferait jamais cela.

— Tu dois me haïr, maintenant. Crois-moi, je ne voulais rien de tout ça. Si c'était à refaire, je te laisserais le rubis et je disparaîtrais, mais je ne peux pas.

— Non. Non, je ne te hais pas. Tu as été choisie ; je n'ai pas le droit de t'en vouloir. Je sais que tu as résisté et que tu résistes encore à tout cela. Mais père…

— Je peux encore t'aider.

— M'aider ? Comment ? Pourquoi m'aiderais-tu ?

— Avec ma magie, je pourrais te protéger et me dresser contre lui. Je sais que tu ne veux que le bien de ton peuple, mais s'il règne, il deviendra le père du peuple. Penses-tu qu'il fera un bon père pour la nouvelle Égypte s'il est capable d'assassiner sa propre fille ? Veux-tu que l'on se souvienne de nous comme des précurseurs de la fin, ceux qui entraîneront l'héritage des dieux dans l'oubli ?

— C'est ce que tu penses de lui ? De père ?

— Je sais qu'il sacrifierait tout pour devenir un dieu. Je ne le condamne pas, beaucoup d'hommes ont aspiré à cela, mais peu en ont eu les moyens.

Un long silence s'installa entre les deux femmes, les émotions à vif, d'un côté comme de l'autre. Finalement, les épaules d'Ankhfareh s'affaissèrent, en signe de reddition devant la triste vérité que lui avait offerte sa prétendue amie.

— Je comprends. Je… Je ne voulais pas y croire. Tu m'as ouvert les yeux, je ne voyais pas clair avant, je ne pensais pas qu'il... Ce n'est pas important. Qui épouserais-tu, si tu devais choisir notre roi ?

— Je ne sais pas encore. Je pense que je devrais te faire confiance à ce sujet, mais mieux vaut un trône vide qu'un trône mal occupé.

— Que dois-je faire ?

— Tu dois prendre ton destin en main, Ankhfareh. Peux-tu m'aider à retrouver mes pouvoirs ? Si je parviens à délier le sortilège qui me retient prisonnière, nous aurons une chance.

La jeune fille considéra ce que la mageresse lui demandait : trahir son père pour sauver son peuple, mais, surtout, pour se sauver elle-même. C'était là lutte acharnée tout intérieure, entre l'individualisme et l'appartenance, entre le soi et la foi. Le doute s'était-il suffisamment insinué en elle ? Son père avait-il chu de ce piédestal sur lequel toute sa vie il avait été placé ? Comprenait-elle que le futur de son clan, de son culte et de son peuple se tisserait sans elle, princesse sans héritage ?

— Je t'aiderai.

Chapitre XVIII

Isulka était assise sur le balcon. La nuit agonisait et déjà l'horizon se teintait d'un bleu profond. Ankhfareh était revenue un peu plus tôt et se trouvait à présent devant la mageresse, assise sur le sol, une feuille de cire dans une main et une plume dans l'autre. Elle inscrivait des hiéroglyphes sur la cire avec le talent d'une artiste en calligraphie. Une femme n'avait jamais eu le droit de pratiquer la magie dans la société égyptienne, mais Ankhfareh ne manquait pas de ressources : elle avait vu son père se livrer à des rituels des dizaines de fois et savait ce qu'elle faisait.

L'écriture, Isulka en avait conscience, avait toujours été un moyen puissant d'en appeler aux forces occultes et, si elle ne comprenait pas les mots, leur importance ne lui échappait pas.

Ankhfareh sortit de sa transe.

Elle posa respectueusement les écrits sur le sol à ses côtés, avant de se concentrer sur son amie. Elle chercha ses mots ou plutôt la traduction de ceux-ci, car, si les arts magiques étaient liés à l'écriture, les traduire en français ne devait pas être aisé.

— Il faut tout d'abord te guérir de la malédiction. Pour cela nous allons faire appel à Isis.

Ce disant, elle se saisit à deux mains d'un petit pot d'argile qui arborait lui aussi des hiéroglyphes. Elle demanda à Isulka de retirer ses vêtements et la mageresse s'exécuta. La magicienne égyptienne plongea les mains dans le pot rempli de lait et commença à l'étaler sur la poitrine de son amie, tout en murmurant des paroles dans sa langue. Jugeant probablement qu'Isulka devait également comprendre, elle essaya de traduire en français :

— Horus fut piqué par un scorpion quand il était encore enfant. Isis lui donna son lait maternel et le guérit. Horus eut les yeux arrachés par Seth. Hathor lui donna le lait de son sein et il recouvra la vue. Thoutmosis fut blessé au combat. Il prit un fruit de l'arbre Isis et se gorgea de son lait maternel. Il guérit.

La jeune fille continua de conter les histoires des dieux, toujours en lien avec le lait et la guérison, comme si prononcer ces mots donnait vie à la mythologie et recréait, verbalement et magiquement, les conditions de la guérison.

La mageresse gémit quand son amie pressa son téton, surprise, et vit un liquide blanchâtre apparaître. Du lait s'écoula lentement de son sein, sans qu'elle comprît ce prodige. La fille de Seth recueillit le liquide dans un petit bol en terre cuite, tout en incantant en égyptien, avant de traduire également.

— Isis, comme tu as guéri à travers les âges par ton lait, guéris Isulka, je t'en conjure. Que la malédiction qui pèse sur elle soit levée, et que ta grandeur coule dans ses veines, inaltérée. Qu'elle retrouve le lien avec les dieux et qu'elle puisse se relever en Isis, libre.

Lorsque le bol fut rempli, elle cessa et le posa devant elle. Elle prit la feuille de cire sur laquelle elle avait écrit précédemment et plongea les hiéroglyphes dans le récipient, pour diluer les mots dans le lait et charger celui-ci de la magie des dieux.

— Bois et la malédiction sera levée.

Isulka prit le bol tendu et le porta à ses lèvres. Elle ferma les yeux, incapable de réfréner le dégoût qui la submergeait à l'idée d'avaler son propre lait, et but. À sa surprise, le breuvage mystique avait un goût de miel, très fort, mais agréable. Elle consomma jusqu'à la dernière goutte, une vie renouvelée se déversant en elle dans un flot d'émotions.

Elle se souvint de sa mère : elle était toute petite, un nourrisson, encore trop jeune pour se remémorer, et pourtant... Elles se tenaient seules, la mère et la fille, au coin du feu dans le froid hivernal.

— *Isulka, tu es mon trésor, personne ne t'enlèvera jamais cela. Je t'aime de tout mon cœur. Je sais qu'un jour, nous serons séparées, tu grandiras, tu deviendras indépendante et féroce. Tu as déjà ton caractère. Mais tu seras toujours ma petite fille et je t'aimerai toujours.*

Ses yeux se rouvrirent : elle était recroquevillée, sur le sol, la main d'Ankhfareh sur son épaule nue. La vision de son enfance s'était dissipée, comme un rêve au lever du jour, mais elle se sentait bien. Elle n'avait pas beaucoup de souvenirs de ses premières années et celles-ci étaient marquées par la peur et par la mort. Elle portait toujours en elle cette blessure, d'avoir vu sa mère expirer et d'avoir été abandonnée par son père. Mais elle avait été aimée, sincèrement et sans réserve, par la femme la plus importante dans sa vie.

— C'est fini, Isulka-Isis. Tu es libérée, mais cela ne l'empêchera pas de recommencer s'il s'en rend compte. S'il relance ce sortilège, il y mettra suffisamment de puissance pour que jamais ta magie ne revienne. Prends garde.

C'était fait.

La mageresse n'était plus dominée par les sortilèges égyptiens et ses pouvoirs lui étaient revenus. Elle avait les moyens d'œuvrer à sa libération et de lutter. Il fallait cependant attendre le bon moment : elle était toujours au milieu du désert, dans une ancienne forteresse, entourée de centaines de membres du culte de Seth, dont cinq grands prêtres. Elle ignorait s'ils égalaient tous la puissance de Seth, mais c'était vraisemblable.

On avait invité Isulka à rejoindre le temple pour déterminer si elle était ou non la réincarnation de la déesse et s'il lui incomberait de porter la pierre d'Isis. Le cas échéant, on l'exécuterait probablement ou, en tout cas, elle y perdrait une main. Ses demoiselles de compagnie s'étaient occupées d'elle du matin jusqu'au zénith, et elle avait finalement pu apparaître, habillée d'une longue robe en lin, maquillée et parée de somptueux bijoux en or.

Seth l'avait menée à une haute esplanade, devant l'entrée du grand temple. Il n'y avait que des hommes, mises à part Ankhfareh et la mageresse, habillés dans des robes qui les désignaient tous comme prêtres. À ses côtés, se trouvaient deux sphinx de pierre qui l'encadraient, pour la protéger ou pour la menacer, elle l'ignorait. Seth arborait un visage plus fermé que jamais et affichait une résolution qu'elle avait rarement vue chez un homme. Si les enjeux de la nuit avaient été nombreux pour la mageresse, tout se jouait à cet instant précis pour lui, sous le soleil haut et éclatant. Sous le regard des dieux.

Ce ne fut pas lui qui parla pourtant, mais le plus âgé des grands prêtres, celui-là même qui avait arrêté Ashur la veille. Ankhfareh lui traduisit chaque mot :

— Nous nous réunissons sous l'œil de Râ pour déterminer si la porteuse de la pierre d'Isis est la réincarnation d'Isis. Toi qui affirmes te nommer Seth, peux-tu le prouver devant le divin et le temporel ?

Seth se leva et se rapprocha de la mageresse, dominant de toute sa taille l'assemblée des prêtres qui leur faisait face. Il parla alors d'une voix puissante :

— Je le prouverai. Cette nuit, une âme perfide et impie a attenté à la vie de la déesse, pour son seul gain, et à l'encontre de tout ce qui est pur et sacré. Mais il a échoué dans sa félonie, car elle arpente toujours ce monde, protégée par Isis et par Seth. Il a sali son âme et ne mérite que le courroux divin, pour avoir commis le plus grand de tous les sacrilèges ! Par ma main, il connaîtra le pire des châtiments, sur ma foi et sur tout ce qui est sacré !

Un silence absolu régnait. Seth n'avait pas une seule fois mentionné sa fille, au grand soulagement de la mageresse. Il ôta alors sa robe sous les yeux de tous et dévoila son corps incroyablement musclé malgré les années, simplement vêtu d'un pagne de lin. À sa ceinture reposait un khépesh, cette arme égyptienne au manche en bronze long et à la lame en partie recourbée. Il l'empoigna avant de la pointer vers Ashur, qui ne sembla pas surpris de se voir adresser le défi.

— Ashur, je t'accuse !

Ashur, bien que plus jeune et plus fin, semblait loin d'être un homme faible. Il s'avança sous l'accusation et défit également sa robe pour se retrouver presque nu sous le soleil de plomb. Il répondit :

— L'imposteur de Seth a trop marché sous le soleil. Je réponds à son accusation et le défie par les armes. Que les dieux décident si cette étrangère est une jument ou une déesse.

Il fit alors un signe à un des membres de son clan qui lui apporta une arme massive : il s'agissait d'une hache entièrement en bronze, dont la lame tranchante représentait la moitié de la longueur. Deux emplacements suffisamment grands pour passer les doigts se trouvaient à même la lame, si bien qu'Ashur pouvait la saisir par là sans risque de se couper. Il pourrait probablement frapper dans un espace réduit, chose moins aisée avec le manche. Cela évoquait à Isulka, pourtant loin d'être experte dans le domaine, une brutale efficacité.

Seth sauta de l'esplanade et se réceptionna sur le sable de braise. Il toisait son adversaire, sa lame sur le côté pendant que les autres prêtres reculaient. En réponse, Ashur fit tournoyer le bronze avec agilité, visiblement peu intimidé par la présence de son ennemi. Seth, droit, s'avança à la rencontre de l'autre prêtre.

Ashur resserra les mains sur le manche de son arme, accroupi dans une position féline et commença à tourner autour de Seth, avant de se lancer vers lui en frappant un grand coup latéral. Seth recula avant d'immédiatement se baisser et éviter la décapitation. Il se redressa et se jeta en avant, réduisant en une impulsion la distance entre les ennemis, pour frapper de sa lame courbe. Ashur para du manche, avant de chasser la lame tout en rabattant le tranchant de sa hache vers le visage de son ennemi. Seth interposa son khépesh en le tenant à deux mains, pour ne pas le lâcher sous le choc.

Ashur porta aussitôt un coup de l'autre côté avec le manche et heurta le grand prêtre à la mâchoire dans un son d'os brisé. Malgré la douleur, Seth ne le laissa pas profiter de l'opportunité et contra d'une attaque de bas en haut, infligeant une coupure profonde au buste d'Ashur. Ce dernier repoussa son adversaire d'un coup de pied dans le ventre qui sépara un instant les guerriers.

La violence du combat était terrifiante. Seth cracha au sol et Isulka crut voir des dents s'écraser dans le sable. De son côté, Ashur regarda sa blessure qui aurait mis à terre n'importe quel concitoyen de la mageresse, avant de simplement se remettre en garde.

L'homme ne commit plus l'erreur de laisser Seth entrer dans sa garde à nouveau et porta des frappes lointaines et rapides qui obligèrent son ennemi à reculer et à encaisser les attaques. Bien que plus encombré, il se montrait extrêmement rapide et pouvait se permettre de ne pas trop se déplacer, luxe que ne possédait pas Seth.

Le père d'Ankhfareh para une attaque qui visait son flanc et sauta dans les airs pour donner un coup de pied violent sur la hache et la plaquer au sol. Ashur manqua de laisser tomber son arme, mais la retira à temps d'un mouvement vif et violent. Cela suffit toutefois à le déséquilibrer un instant, et Seth en profita pour se rapprocher. Il multiplia les attaques rapides qui mirent à mal son adversaire, le blessant à plusieurs reprises. Ashur réagit en saisissant son arme par les trous, échangeant son allonge contre de la précision. Il para aisément un coup de khépesh à l'œil et dévia la lame. L'extrémité de son manche heurta Seth dans les côtes et il enchaîna par une autre frappe du tranchant qui toucha son ennemi sur toute la longueur de l'abdomen.

Seth lâcha son arme sous la violence du coup, tandis qu'Ankhfareh poussait un cri de peur et de surprise. Ashur plaça sa jambe derrière celles de Seth et, par une prise de lutte, le projeta au sol, sur le dos. Il tomba sur l'homme, la lame en avant et visant la gorge. Un instant, Isulka crut que c'en était fini du grand prêtre, mais c'était ne pas rendre honneur à la volonté sans faille de l'homme : celui-ci avait attrapé le tranchant de la hache à pleines mains et s'engageait dans un jeu de pure force avec Ashur.

Les traits rageurs, le corps en sang, Ashur appuyait de toutes ses forces et de tout son poids sur ses bras, tandis que son ennemi luttait, le bronze lui entrant lentement dans les paumes. S'il cédait, sa gorge serait tranchée et écrasée.

Mais il ne plia pas.

Lentement, Seth prit l'ascendant, éloignant pouce par pouce l'arme de son cou, les traits tirés par l'effort et la concentration. Il décala ensuite la lame d'Ashur pour qu'elle se retrouvât au-dessus de son torse, et non de sa gorge. Ashur redoubla d'efforts, les veines gonflées et les yeux rouge sang. Seth lâcha soudainement prise.

La hache lui entra dans le poitrail avec force.

Isulka ne vit que les deux hommes, l'un sur l'autre, dans une position qui rappelait plus des amants que de mortels ennemis. Aucun d'entre eux ne bougea d'abord et, un instant, elle espéra qu'ils s'étaient entretués. Puis, elle vit Ashur glisser sur le dos, avant de s'immobiliser, mort. Seth ne bougeait pas non plus, la hache logée dans son corps, mais il tenait quelque chose dans la main, un organe rouge et gros comme le poing.

La mageresse mit un instant avant de comprendre avec horreur comment Seth avait tué Ashur : il avait plongé la main dans sa plaie au poitrail et avait attrapé le cœur de son ennemi, qu'il avait ensuite arraché, le tout avec deux centimètres de bronze lui perforant la peau, les muscles et les os.

Seth se releva, lentement. D'abord assis, haletant. Puis à genoux, tremblant. Enfin debout, exhalant l'air qui se frayait un chemin douloureux dans ses poumons. Sa main libre se posa sur la hache et, dans un bruit de chair flasque, il l'ôta de son corps dans un cri de rage plus que de souffrance. Une croix de sang, dessinée sur son corps, resterait marquée à vie. Il leva son bras ensanglanté vers les cieux, le cœur d'Ashur toujours entre ses doigts.

— JE SUIS SETH !

Sans autre opposition, la préparation du mariage commença. Partout dans la cité, les fils de Seth de tous les clans, maintenant rassemblés derrière le vainqueur que les dieux avaient désigné, s'attelèrent à préparer la fête de la victoire suprême. Une liesse avait pris corps dans la nouvelle cité de Râ-khaton et nombreux chantaient en travaillant. La mageresse y aurait vu un spectacle magique, si elle n'y avait pas eu son rôle à jouer.

Bien que le risque sur la personne d'Isulka fût vraisemblablement éloigné, la garde se fit plus que jamais présente. Seth ne faisait pas partie de ces hommes qui, leur but à portée de la main, commettaient des erreurs. Isulka se leva à l'aube, après une nuit d'insomnie due autant au traumatisme de la tentative d'assassinat de la veille qu'à l'appréhension des événements à venir. Malgré tout, le jour ne se présenta que trop tôt, et elle serait volontiers restée dans sa semi-torpeur plutôt que d'affronter ce qui se profilait.

La matinée s'approcha finalement de celle que pouvait vivre n'importe quelle future mariée dans le monde : tressage de ses cheveux et coiffure compliquée, quelques heures de maquillage et applications de nouveaux tatouages qui recouvraient à présent son buste, son dos, ses bras et ses jambes dans des motifs légers et délicats. La mageresse pensait, ou du moins espérait, que c'était là temporaire, même si cette dernière notion restait à définir.

Contrairement à son sacre, on ne la para pas d'habits d'or, mais d'une robe de lin blanc au tissu extrêmement fin, proche du voile, ce qui avait dû exiger un travail incroyablement long et minutieux, mais qui dévoilait un peu trop son corps à son goût. On se trouvait loin des mille jupons d'un mariage à la française.

— La prochaine fois que je me marie contre mon gré, je choisis au moins la robe, déclara-t-elle aux jeunes filles qui acquiescèrent sans comprendre un mot.

De nombreux bijoux en or : colliers, bracelets, bagues ou boucles d'oreille vinrent compléter sa tenue de mariée.

Accompagnée de toutes ses demoiselles d'honneur, elle quitta ses appartements et se dirigea vers la grande place où Ashur avait trouvé la mort la veille. L'assemblée de prêtres d'alors avait été remplacée pendant la nuit par une foule multicolore qui jubila en la voyant. L'air vibrait de musique, de chants et de joie tandis que des tapis de fleurs donnaient à présent vie à une ville morte pendant des siècles. De véritables rideaux d'étoffes brodées habillaient les murs sur toute leur hauteur. Les bassins intérieurs reflétaient chaque colonne, chaque fresque, chaque statue, chaque couleur comme une seconde ville née des brumes, cachée dans les courbes du désert.

Isulka n'eut pas le courage de saluer la foule. Chaque pas exigeait d'elle un effort d'une difficulté sans cesse renouvelée. Ankhfareh se trouvait dans la procession, mais, cette fois, la mageresse, ou plutôt la déesse, avançait seule en tête. Seth l'attendait, sur la grande estrade qui avait la veille connu la mort et le sang. Il arborait pour la première fois une perruque noire qui lui donnait un air moins sévère et plus royal. Il ne portait comme atours qu'un pagne de lin, si bien que ses blessures de la veille étaient visibles aux yeux du peuple : recousues, cautérisées, mais apparentes.

— Êtes-vous prête, Isis ? lui demanda-t-il lorsqu'elle fut à ses côtés.

— J'ai bien réfléchi à la chose. Je vous aime bien, mais je pense que nous allons trop vite dans notre relation. Remettons cela, si vous le voulez bien.

La plaisanterie laissa de marbre le grand prêtre. Les futurs époux restèrent un instant devant la foule, avant de redescendre et de se diriger vers le grand temple.

Celui-ci était plus grandiose encore que la cour : un jeu de dizaines de miroirs parvenait à faire entrer le soleil tout en faisant baigner l'endroit dans une lumière dorée qui drapait les murs d'or pur. Le grand bassin central, rempli pour l'occasion, n'était, grâce à cette ingénierie, qu'or liquide. Le sacré des lieux saisit la mageresse au cœur.

Une haie d'honneur formée par des hommes en armes guida les promis vers le sanctuaire intérieur, l'endroit le plus sacré et inviolable du temple, où reposait l'âme des dieux. Les autres grands prêtres se trouvaient là également. La jeune femme serrait les poings à présent. Dans son esprit tout se faisait clair : ce jour ne célébrerait pas celui où elle deviendrait l'objet d'un homme. Elle ne serait pas la marche permettant son ascension vers la royauté, une simple esclave à piétiner pour s'élever. Ses doigts étaient chauds. La magie, *sa* magie, l'appelait enfin.

On invita la mageresse à s'asseoir à côté de Seth, sur un large trône à deux places. Elle y prit place et la cérémonie débuta, menée par les prêtres qui avaient revêtu des masques aux effigies des dieux. Elle ferma les yeux, consciente qu'arrivait le dernier moment où elle pourrait agir avant son viol, l'unique opportunité qu'elle avait d'emporter tous les fanatiques dans la tombe et dans l'oubli. Ankhfareh était là cependant, dans le sanctuaire. Si elle laissait ses flammes se déverser sans contrôle, son amie brûlerait telle une poupée de chiffon. Mais si elle ne donnait pas toute sa mesure, elle échouerait sans le moindre doute. Se sentait-elle prête à tous les condamner à la plus atroce des morts pour sauver son honneur ? Se sentait-elle prête si, par miracle, elle survivait, à porter en son âme les tourments qu'elle se préparait à infliger ?

Elle était une femme, avec ses faiblesses, mais laisser son corps se faire profaner et souiller allait au-delà de ce qu'elle pouvait supporter. Elle apprendrait à vivre avec la culpabilité s'il le fallait.

Elle s'apprêtait à lever toutes les barrières qui contenaient sa magie et laisser s'échapper les enfers quand la structure tout entière trembla pendant une longue seconde. Les Égyptiens s'arrêtèrent, l'angoisse et l'incompréhension se lisant subitement sur leurs visages : avaient-ils par mégarde offensé le panthéon ?

Un guerrier entra dans le sanctuaire, criant quelque chose en égyptien. Les prêtres restèrent impassibles, figés même. Seth répondit quelque chose et donna des ordres. En réponse, tous les hommes, Seth et le plus ancien des prêtres mis à part, sortirent du sanctuaire en courant.

— Que se passe-t-il ? demanda Isulka.

— On dirait que vos amis nous ont retrouvés.

Il fit signe au prêtre de reprendre la cérémonie.

Chapitre XIX

Le son du canon retentit dans le désert.

Scipione n'avait pas été convaincu au premier abord lorsque le capitaine Morgan avait fait embarquer trois canons de montagne pour s'avancer dans le désert, mais à présent qu'il voyait la cité des fanatiques, ainsi que le nombre de ceux-ci, il ne pouvait qu'approuver. Ladd, Aslin et lui-même avaient voyagé avec les soldats anglais et les mercenaires arabes depuis Le Caire d'abord par train, puis à cheval. Le coût de l'opération devait chiffrer, mais l'Angleterre était plus que résolue à retrouver le joyau d'Isis.

Devant eux, se trouvait une oasis qui avait surgi au milieu de l'étendue aride. La vue était magnifique, un petit paradis vert encadré par les dunes qui abritait une ancienne cité propre à enfiévrer n'importe quel égyptologue. Le lieu avait été éminemment difficile à trouver. Le guide local n'avait tout d'abord pas cru les propos rapportés par Aslin et Scipione et, pendant un moment, l'Italien s'était demandé si Niram n'avait pas menti malgré la force de persuasion plutôt directe de la brute irlandaise.

Mais Râ-khaton se trouvait bel et bien là, sous leurs yeux.

Et, à coups de canon, ils s'attaquaient aux antiques murs de la cité avec toute la délicatesse d'une puissance européenne en Afrique. Visiblement, les Fils de Seth ne s'étaient pas encore métamorphosés en dieux, car les boulets s'écrasaient contre les vieilles pierres avec une amorale efficacité. Scipione espérait juste qu'Isulka se trouvât dans l'enceinte, en vie.

— Sir Ladd, vous comptez vraiment raser cette ville ? Nous devrons creuser si tout s'écroule.

— Avez-vous déjà été en campagne, Monsieur di Lucantoni ?

— Par chance, non. Sommes-nous en guerre ?

— Ne croyez pas que trois canons de montagne suffiront à remporter la bataille. Les anciens Égyptiens ont bâti des monuments qui ont duré des milliers d'années. Si nous parvenons à faire s'écrouler toute la structure simplement en campant sur nos positions et en pilonnant droit devant, cela relèvera du miracle.

Ladd avait raison : si l'attaque s'engageait bien, la victoire était encore loin, si l'on en croyait le nombre de fanatiques qui sortirent de la cité. L'artillerie, bien que relativement précise, ne parvenait pas à toucher même un début de foule à quatre cent mètres de distance. À moins que la faute en revînt aux canonniers eux-mêmes qui ne représentaient pas la fine fleur de leur contrée.

La riposte s'organisa et leurs adversaires se regroupèrent peu à peu aux abords de l'oasis, à l'abri de la végétation luxuriante. Il n'était pas question de les débusquer ou d'ouvrir le feu à cette distance, ce qui n'échappait bien évidemment pas aux Égyptiens.

Malgré tout, il leur faudrait charger bientôt s'ils souhaitaient interrompre le bombardement de leur ville et de leurs temples. Scipione savait que si l'on menaçait de la sorte la chapelle de son baptême, il agirait avec farouche véhémence et irraisonnée passion.

La notion de sacré étant similaire chez leurs ennemis, il ne tarda pas à les voir sortir de l'oasis, arme à la main, pour charger la position avantageuse de l'escadron. Le capitaine Morgan fit rediriger les canons vers eux et ordonna une première salve. Scipione aperçut des hommes touchés dans des déflagrations de poussière, l'action étant bien trop rapide pour distinguer autre chose qu'une mort surprise et impersonnelle. À cette distance, on ne voyait pas les membres arrachés et écrasés.

Cela n'arrêta pas l'avancée, évidemment. Si l'expédition que Ladd avait réussi à assembler comptait seize Anglais et une trentaine d'Égyptiens, leurs ennemis étaient plus d'une centaine à charger, à vue de nez. Moins armés, moins entraînés, mais prêts à tout pour défendre leurs terres.

Les premiers coups de fusils tonnèrent, de trop loin pour causer d'autre désagrément que du bruit. Morgan, habile tacticien, conclut rapidement qu'il n'y avait rien à espérer d'un échange de tirs. Même avec l'avantage du terrain, ils restaient à découvert et ne pouvaient escompter une victoire à force égale. C'était comme disputer un bras de fer avec un géant : même avec les deux mains, rien n'y ferait. Le capitaine, en selle, dégaina son sabre de cavalerie, aussitôt imité par les Anglais et les Égyptiens.

— Chargez !

Scipione et Aslin échangèrent un regard et, sans mot dire, se souhaitèrent bonne chance, avant de s'élancer également.

Une tempête de poussière s'éleva dans le désert, les sabots des chevaux lancés au grand galop s'abattant avec force sur le sable de la dune. Scipione adressa une rapide prière au Seigneur, la rapière dans la main droite et les rênes dans la gauche. Il ne lui fallut qu'un instant pour rejoindre leurs ennemis, mais comme ceux-ci usaient à présent de leurs fusils et revolvers, chaque seconde sans blessure était une bénédiction en soi. L'Italien s'attendait à tomber de cheval mortellement blessé à chaque pas et ce fut presque avec surprise qu'il dépassa un fils de Seth, tant et si bien qu'il ne pensa même pas à le frapper.

Au second, en revanche, il ne retint pas son coup et fouetta un homme de sa lame qui, à vrai dire, n'égalait pas l'efficacité d'un bon sabre tranchant. Pour la première fois de sa vie, il blessait un homme sans savoir où il l'avait touché, s'il lui avait infligé une blessure superficielle ou mortelle. Il n'avait eu le temps ni de voir son visage ni de croiser son regard, ce qui ne différait pas de frapper un mannequin d'entraînement. Cela déshumanisait le combat.

Il vit une autre silhouette heurtée de plein fouet par sa monture, avant de devoir arrêter cette dernière, car, déjà, l'oasis se dressait devant lui. Il entama un demi-tour et ne vit que chaos. Dans des nuages de sable, des hommes en selle chargeaient, se battaient ou cherchaient une cible, des chevaux sans cavaliers quittaient le champ de bataille, des corps luttaient debout, de nombreux autres combattaient sauvagement au sol. Des cris, le son des sabres, des sabots, des coups de feu se mêlaient en un tintamarre de fin de monde. Il aperçut une forme courir vers lui un fusil à la main. Il dégaina son revolver et tira une fois, puis deux. Ses oreilles bourdonnaient. Les sons se mélangeaient. Le goût du sable dans la bouche. La sueur dans les yeux. Il chargea de nouveau.

Les guerriers qui se battaient au sol étaient indifférenciés, malgré les uniformes, malgré les tenues, malgré les ethnies. Il hésita un moment avant de plonger sa lame dans le corps d'un guerrier, presque sûr qu'il s'agissait d'un ennemi. Il en abattit un autre de son revolver, au hasard. Une balle toucha sa monture, mais celle-ci s'écroula en avant, et non sur le côté, lui sauvant la jambe et, vraisemblablement, la vie.

Quand il se releva, tout n'était que sable. Il se serait montré incapable de retrouver le chemin de l'oasis même si sa vie en avait dépendu. Quelqu'un cria derrière lui. Il se retourna et les années de pratique de l'escrime sauvèrent sa vie. Il para un coup de cimeterre de son revolver et frappa de la rapière ; il se retrouvait davantage dans son élément depuis qu'il n'était plus question de cavalerie.

Les canons sifflaient toujours, leurs salves espacées comme seules preuves que la bataille n'était pas encore perdue. Sur le sol se trouvaient des corps, blessés ou agonisants. Il échangea son revolver avec celui d'un Anglais qui, la gorge tranchée, observait les cieux.

Un coup de sabre manqua de lui entailler le bras. Par chance, il était trop déséquilibré pour contrer dans la foulée et ne tua pas un jeune caporal qui s'était fourvoyé dans la mêlée. Il repoussa le gamin et chercha dans la poussière un nouvel adversaire.

Il entendit un coup de clairon, ignorant s'il s'agissait là d'un appel à la retraite ou à l'avancée. Il distingua un uniforme bleu qui avançait dans une direction et le suivit, pour se retrouver bientôt à l'entrée de l'oasis. Il y avait une vingtaine d'hommes, de son camp semblait-il. Morgan se trouvait là. Il repéra Aslin. Ladd également. Derrière eux, le sable commença à se tasser, dévoilant un charnier.

Combien de temps s'était-il écoulé ?

— Soldats, commença Morgan. Nous continuons vers les enceintes, à couvert. Usez de vos armes à feu en priorité. Nous ignorons combien il en reste à l'intérieur.

Ils pénétrèrent dans la cité, accueillis par les tirs des derniers défenseurs. Deux autres soldats périrent, mais leurs ennemis se faisaient trop peu nombreux pour stopper leur avancée, à présent que tous leurs guerriers ou presque étaient morts. Le capitaine avait l'air soulagé et fier de sa stratégie : sans l'attaque de canons, la bataille aurait eu lieu dans la ville et ses hommes se seraient certainement fait massacrer.

La cité éblouissait, décorée comme un jour de célébration, mais ceux qui devaient fêter le retour au pays quelques heures plutôt n'étaient désormais plus que charognes livrées aux chacals. Les attaques continuèrent, mais perdirent en intensité tandis que les armes à feu commençaient à faire défaut. Dorénavant, des vieillards ou des enfants combattaient, tentant de prendre la troupe par surprise avec des khépeshs et des lances, sans aucun espoir de succès. Bientôt, les envahisseurs marchaient sur les corps des Égyptiens, au milieu de leurs fleurs.

À force de diabolisation par Ladd, Scipione s'était peu à peu allé à imaginer que les fanatiques n'étaient que ça : des fous sanguinaires simplement régis par une irrationnelle obédience. Mais le spadassin n'avait pas l'impression de représenter la justice et la civilisation en participant à ce carnage. Ils étaient les étrangers, les assassins aux yeux de ce peuple qui mourait pour défendre sa terre et son histoire. Les mains de l'Italien s'en trouvaient irrémédiablement salies.

Leur progression ralentit par moment, mais sans jamais se faire réellement contrer, et ils parvinrent devant le parvis du grand temple, le cœur de Râ-khaton, à présent jonché de débris et de corps. Le temple en lui-même s'était fait arracher sa majesté par les canons et, s'il refusait de céder pour le moment, jamais il ne survivrait aux siècles à venir, délesté de son destin millénaire en quelques heures à peine.

Un mouvement au centre de la grande place attira l'attention de Scipione. Il vit un homme ramper, au centre d'une estrade, le corps presque nu, blessé par les balles, recouvert de sang, le visage détruit. Il posa une main mourante sur le corps de pierre d'une créature mythologique au corps de lion et au visage d'homme, sans doute dans une ultime prière. L'Italien douta de sa santé mentale quand, lentement, la pierre de la statue craquela. Mais non, son esprit ne battait pas la campagne, car les mercenaires à côté de lui regardaient également ce spectacle fantastique. Une patte de pierre céda, remplacée par un membre rouge vif, aux muscles apparents, dénué de peau. Le buste de la statue se déchira également, libérant ce faisant un autre être, écorché, au corps torturé, comme celui du peuple qu'ils venaient d'exterminer. La créature s'ébroua, se défaisant de la roche pour afficher une cauchemardesque vision digne d'un tableau de Bosch. Son faciès était humain : tourmenté, scarifié, monstrueux, mais humain.

L'un des mercenaires pria le dieu de l'Islam et tira, sans toucher sa cible. Le sphinx de chair fixa ses yeux jaunes de haine et de désespoir sur l'agresseur, puis il bondit. En un souffle, il franchit la distance qui le séparait de sa proie et renversa le bougre, sous les yeux stupéfaits des étrangers. Il parut juste effleurer le ventre de l'homme de ses griffes acérées, mais celles-ci ne rencontrèrent aucune résistance. La scène rappela à Scipione un noël de son enfance où il avait vu sa mère ouvrir la dinde du réveillon et l'évider à l'aide d'une grosse paire de ciseaux, enlevant soigneusement des organes sanguinolents et répugnants. Il en avait eu des terreurs nocturnes pendant des semaines, un rêve le hantant sans cesse où il était la victime et devait s'enfuir avant que la peau tendue de son ventre se fît découper. En grandissant, il avait oublié cette peur enfantine qui lui revint quand il vit cet humain se faire éviscérer, ses intestins humides entre les mains.

Le monstre plongea des crocs humains dans la gorge de sa proie et arracha celle-ci avec une déconcertante facilité. Son visage dégoulinant de sang et de chair se releva lentement, et un bruit de mastication atteignit les oreilles de l'Italien. Quelque chose de chaud et d'acide remonta le long de sa trachée. Il ferma les yeux et ravala la bile, s'empêchant de vomir. La créature porta alors son attention sur les hommes qui se trouvaient autour d'elle, bien consciente dorénavant du goût savoureux de la chair humaine. Les mercenaires comme les soldats tenaient leurs fusils devant eux, s'imposant l'illusion que les armes représentaient leur salut, que rien ne pourrait leur arriver s'ils se protégeaient par les balles.

Ce fut le moment que choisit le second sphinx pour s'extirper à son tour de siècles de torpeur, fou de rage, de colère et de faim. Ce qui suivit ne saurait se traduire que par deux mots : chaos et désespoir.

Les deux créatures ne détruisirent pas immédiatement l'escadron, non pas parce qu'elles n'en avaient pas les moyens, mais parce que la chasse semblait aussi importante que la mise à mort. Il ne s'agissait pas d'automates ni de gardiens qui défendaient leurs terres, mais bien de tueurs qui se sustentaient autant de la chair que de la terreur et, ainsi, qui ne tuaient pas immédiatement. Elles s'en prirent en priorité à ceux qui tentèrent de s'enfuir par les jardins, gardant leurs proies prisonnières, décidées à ne laisser personne survivre. Ainsi, le premier réflexe de Scipione qui avait été de se précipiter vers le temple, lui avait peut-être sauvé la vie ou, en tout cas, octroyé quelques précieuses minutes.

Il n'avait pas été le seul dans sa folle course en avant, et ils se retrouvèrent à plusieurs dans le gigantesque complexe. Un des Anglais commença à pousser l'un des grands battants en bronze qui faisait office de porte. Scipione trouva l'idée intelligente, bien que déçu de n'y avoir pas songé lui-même. Il alla immédiatement aider l'homme et plusieurs survivants les imitèrent, toujours bercés par les cris déchirants des victimes. Les créatures semblaient avoir compris qu'arracher la gorge leur ôtait le plaisir d'entendre les hurlements des mourants et elles s'en abstinrent, provoquant des morts de plus en plus longues. Le dernier à tomber dans leurs griffes se verrait certainement offrir une très lente agonie.

Les portes étaient presque fermées lorsqu'un homme tambourina à celle-ci depuis l'extérieur, suppliant ceux qui étaient à l'intérieur de le laisser entrer. Ses camarades, ses frères d'armes qui, la veille, jouaient aux cartes avec lui en discutant femmes et alcool, ne lui répondirent que par un silence épais, les yeux baissés, portés par le seul instinct de survie. Personne n'intervint. Personne ne parla. Les portes finirent de se clore, obscurcissant les lieux, mais n'isolant pas du son, le son sourd de coups donnés avec le poing, bientôt remplacé par un choc plus violent qui fit tinter l'airain. Une supplique. Un cri. Le bruit de la chair et de l'organique. Les hurlements suivirent, aigus, violents, inhumains, délivrés avec toute la force du désespoir. La victime communiquait sa peine, différemment à chaque fois, mais toujours à gorge déployée, jusqu'à ce que l'énergie finalement le quittât et que la douleur se fît silencieuse…

— Allons-y.

La voix de Ladd demeurait imperturbable, glaciale.

Chapitre XX

Les murs tremblaient avec une triste régularité, frappés par ce qui ne pouvait être qu'une vengeance divine ou, plus réalistement, par de l'artillerie. D'abord de la poussière, puis de fins morceaux de pierre et, enfin, des débris dévalèrent des parois qui, malgré tout, subsistaient, comme s'ils se refusaient d'emmurer la mageresse vivante avant son mariage. Celui-ci se déroulait à présent dans la plus grande confidentialité en la seule présence d'un prêtre, des deux futurs époux et d'Ankhfareh, ce qu'Isulka n'aurait jamais envisagé le matin-même, lorsqu'elle s'était fait acclamer par une foule joyeuse qui attendait cet heureux événement depuis plusieurs millénaires.

Un coup de canon plus violent que les autres ébranla la structure et un pan de mur glissa sur lui-même dans un assourdissant vacarme assorti d'un nuage de poussière noire. Seth détourna pour la première fois le regard, tout comme le prêtre qui s'était interrompu, troublé de voir le lieu s'écrouler peu à peu. Isulka n'échangea pas de regard avec Ankhfareh, mais elle savait que la jeune fille était prête. Tout comme elle.

Elle agit.

Les flammes lui répondirent, heureuses d'enfin se faire convier au festin qui allait s'offrir à elles et elles chantèrent dans la langue crépitante des enfers. Elles glissèrent le long des doigts de la mageresse, les caressant avec une douceur amoureuse avant de quitter le doux contact et de s'élancer, libres, enfin. Le sanctuaire s'illumina, tandis que le prêtre fixait, avec horreur et surprise, la mort s'avancer vers lui et l'enserrer dans une étreinte de braise qui lui arracha de longs hurlements. Seth tendit la main dans un incroyable réflexe qui fendit les flammes un court instant, avant que celles-ci ne répondissent à l'appel d'air et ne s'engouffrent, embrasant le prêtre fanatique qui fut projeté par la violence de la danse mortelle. Il sembla voler un court instant avant de s'écraser contre un pilier de pierre, poursuivi par la magie de la mageresse.

Seth, à l'inverse du pauvre officiant à présent réduit au silence éternel, possédait des attributs divins. Sa peau roussit, craquela et fuma, mais ses yeux ne la lâchèrent pas tandis qu'il se redressait en grondant de manière menaçante. Isulka, impressionnée, mais surtout terrorisée, libéra davantage encore le feu qui coulait de ses veines, au risque de fondre le temple qui n'était plus qu'un brasier ardent, un four dans lequel la vie n'avait plus sa place. Le visage de l'homme se déforma : le gras de son faciès se mit à couler le long des os dénudés de sa mâchoire, entre des dents à présent brunes et dénuées de gencives, sur un menton sans peau. Ses yeux éclatèrent dans un claquement humide et leur blanc se mélangea à son sang qui bouillait sous la chaleur.

Malgré tout, il s'avança. La peau de son dos resta collée au mur et se tendit, alors que, dans un effort surhumain, il continuait le mouvement, s'écorchant lui-même à vif. Il poussa un cri de douleur, de rage et de terreur, cri bientôt étouffé par les flammes elles-mêmes qui lui consumèrent les poumons, liquéfiant ses organes depuis l'intérieur. Ses humeurs commencèrent à se déverser sur le sol dans un flot verdâtre et noirâtre, maintenant qu'elles n'étaient plus contenues par une chair uniforme.

La mageresse ne détourna pas le regard un seul instant. Son ennemi avait beau fondre et se dissoudre sous ses yeux, il avançait toujours, un pas, puis un autre, laissant au sol des empreintes de graisse brûlante.

Il finit par tomber à genoux à quelques pas de la jeune femme, dans une giclée de matière organique, les os brisés. Il resta un instant immobile, incapable du moindre geste, sa force surhumaine vaincue par la violence du feu. Isulka, épuisée émotionnellement ainsi que par l'effort surhumain qu'elle venait de produire, cessa un instant d'alimenter l'incendie. Le corps du demi-dieu continua de se consumer dans une odeur insoutenable de cochon grillé. La fumée était épaisse, presque noire, étouffante. Elle toussa, ses yeux piquant abominablement, mais elle ne détourna pas le regard des restes de Seth.

Elle apprit à ses dépens que venir à bout d'un dieu n'était pas aussi élémentaire et expéditif qu'elle le pensait.

Du corps fumant jaillit une forme sombre, dans un bruit mou et gore. Il fallut un instant pour qu'elle discernât une main, ruisselante de fluides organiques, recouverte non pas de peau, mais d'une sorte de cuir, presque écailleux. La main disloqua pour de bon la presque dépouille de Seth, laissant peu à peu apparaître un second corps lové entre les organes du prêtre, qui n'avait cette fois rien d'humain.

Isulka s'était convaincue, avec le temps, que la vision qu'elle avait eue à Paris lorsque Seth s'était montré à elle sous les traits d'un monstre avait été induite par la peur et l'illusion. Elle s'était persuadée que tout cela relevait de la métaphore, que rien n'avait de base réelle. Isis ne vivait pas en elle, ni Seth en lui, que tout cela n'était que superstitions et fanatisme. C'était ce qu'elle avait cru… jusqu'à présent.

Lorsque le ventre mourant de Seth s'ouvrit pour laisser la moitié de la créature s'extirper, une odieuse vérité s'imposa à elle et son esprit chavira, au bord du précipice qui menait droit aux abysses de la folie. Deux yeux jaunes qui, eux, se refusaient à brûler la fixèrent avec un mélange de haine, de malice et de désir.

Elle ferma les yeux.

La vision d'horreur disparut et seule resta la douce chaleur des flammes qui, bien qu'infernales, ne s'en prenaient pas à leur maîtresse.

Si elle gardait les paupières closes, peut-être tout ce qui lui arrivait s'évaporerait-il comme au lendemain d'un mauvais rêve. Elle se réveillerait ou, au contraire, s'endormirait et rien de tout cela n'aurait plus la moindre importance. Si elle dormait, le monstre ne se montrerait pas. Il ne se rapprocherait pas d'elle, avec ses mains effroyables. Il ne la toucherait pas, ne la goûterait pas et ne la violerait pas. Elle ne porterait pas d'enfant monstrueux en son sein. Son utérus ne serait pas déchiré comme le corps de Seth. Une bouche animale, aux crocs acérés et à la langue râpeuse ne lui saisirait pas les tétons pour lui arracher son lait maternel. Il lui fallait rester consciente pour que tout cela arrivât, n'est-ce pas ? Si elle dormait, tout ne serait que rêve et rien de mal n'adviendrait...

Elle rouvrit pourtant les yeux.

Le monstre avait fini de sortir, bien plus grand que ne l'avait été le grand prêtre, presque géant, couvert de sang, comme un nouveau-né nageant dans le plasma maternel. Bipède, le corps glabre et luisant, mais la peau tannée comme le cuir. La tête, un affreux croisement entre le reptile, l'oiseau et le chien, un sourire sordide dévoilant des dents de prédateurs. Des mains épaisses aux griffes proéminentes. Le sexe, long comme un bras, brandi comme une arme...

— Isis...

Sa voix, stridente et douloureuse à l'oreille, au ton moqueur et vengeur à la fois, n'avait rien de comparable aux sons humains. Ce n'était plus l'homme de foi qu'elle avait connu qui s'exprimait, mais une créature qui n'avait pas sa place sur la terre des hommes, une horreur issue d'un autre âge qui la considérait comme sa proie. Elle représentait la solution à un conflit vieux de plusieurs millénaires et se retrouvait au cœur d'un combat qui n'était pas le sien et pour lequel elle doutait de posséder les armes.

— Allonge-toi, sœur. Écarte les jambes et ouvre-moi les portes de la royauté.

— Je suis désolée, mais je pense avoir brûlé la suite nuptiale...

D'un revers de la main, elle projeta une boule incandescente vers la créature, qui se contenta de lever le bras et d'intercepter l'attaque. Une déflagration le happa et des flammes aussi chaudes que la lave lui dévorèrent le membre.

Seth s'en sortit le cuir fumant, mais indemne. Les sorts de la mageresse ne l'avaient pas affecté quand il séjournait dans le corps du prêtre et, visiblement, les choses n'avaient pas évolué avec sa métamorphose. Malgré la chaleur incroyable, son dos se glaça en le réalisant. Elle chercha la sortie du regard, mais les lourdes portes de pierre ne bougeraient probablement pas d'un pouce, même en y mettant toute sa force.

La créature s'avança et, malgré un autre projectile qui aurait tué un éléphant sur le coup, elle atteignit la jeune femme. Une main rugueuse et encore gluante la saisit à la gorge et elle sentit ses pieds quitter le sol. Portée par le géant, elle saisit la main de celui-ci, plus par automatisme que par réflexion, et griffa, lacéra, tira, sans autre effet que de s'essouffler. Sa vision s'obscurcit rapidement tandis qu'elle happait l'air avec frénésie.

Mais, manifestement, Seth ne voulait pas qu'elle fût inconsciente lors de leur union : il la plaqua au sol de toute sa hauteur, lui arrachant un cri lorsque son dos heurta la pierre. Sous le choc, elle perdit ses repères, traversée par des éclairs de souffrance écarlate. Sans savoir comment, elle se retrouva à ramper, tentant vainement de s'éloigner de la créature qui la toisait.

Elle se souvint qu'elle était une mageresse et se retourna, faisant une nouvelle fois appel à des flammes, à présent aussi lasses qu'elle. Elles léchèrent le corps de Seth qui, imperturbable, se baissa et immobilisa la jambe nue de la mageresse. Sa main était chaude. L'être ne se trouvait plus qu'à quelques centimètres au-dessus d'elle, dans toute sa puissance. Haletante, prise d'une sourde panique, elle se débattit, comme une biche prise au piège, incapable de raisonnement logique.

Il se rapprocha, son corps bientôt à son niveau. Elle sentit sa peau moite contre la sienne et refoula une soudaine et puissante envie de vomir. Elle le frappa et le griffa encore, mais son faciès hideux ne cessa de se rapprocher, indomptable, invincible. Une odeur animale, fauve, la saisit, mêlée à un parfum de miel écœurant. Elle entendit un cri horrible, aigu, désespéré, avant de se rendre compte qu'il s'agissait du sien.

Ses poignets se trouvèrent enserrés douloureusement dans cette main géante. Elle pleurait maintenant, des larmes chaudes qui aussitôt s'évaporaient, avant même de lui brouiller la vue. Elle le sentit déchirer sa robe. De longs sanglots la saisirent, manquant de la faire étouffer, pendant que la main libre du dieu glissait entre ses cuisses et lui arrachait ses dessous.

— Contemple le sacre d'un roi.

Elle sentit une giclée chaude contre son buste et son visage. Elle vit le géant, immobile, son corps se recouvrant lentement d'un liquide rouge. Il la lâcha et se toucha la gorge, qui arborait une plaie béante.

Derrière lui, une lame à la main, se tenait Ankhfareh. Seth lui saisit le poignet d'un geste, et la jeune Égyptienne poussa un hurlement de douleur. Il tira d'un coup sec et, avec la facilité avec laquelle un enfant ôte les ailes d'une mouche, lui arracha le membre.

La mageresse saisit sa chance : elle libéra sa magie à même la main, qui devint rouge comme de la lave, baignée par une chaleur ardente. Elle se redressa et la plongea dans le corps du dieu, le pénétrant comme il avait voulu la pénétrer. Ses doigts s'enfoncèrent dans des chairs inhumaines et chaudes, glissant dans les viscères et les fluides, jusqu'à ce qu'ils trouvassent un organe palpitant. La mageresse saisit le cœur du dieu et tira de toutes ses forces, le délogeant peu à peu. Elle sentit la main de Seth enserrer sa gorge, celle-là même qui avait vraisemblablement tué Ankhfareh sans l'ombre d'une hésitation. Elle ne pouvait pas laisser la victoire à un tel monstre, quand bien même elle devrait y succomber.

Elle se retira dans un ultime effort, le cœur dans la main. La créature poussa un rugissement d'animal blessé qui repoussa la mageresse par sa violence. Le dieu palpa sa blessure, le regard soudainement apeuré, comme s'il prenait seulement conscience de la finitude de l'existence. Elle posa le regard sur le muscle, gros comme celui d'un bœuf et qui battait toujours, mais de plus en plus faiblement.

— Ma sœur… dit-il, d'une voix rauque.

Le regard d'Isulka se posa sur Ankhfareh, qui se vidait rapidement de son sang sur le sol en tenant un moignon sanguinolent. Seth était à genoux, transi d'effroi, mais également de tristesse. Elle crut apercevoir dans les derniers instants du dieu des sentiments presque humains.

Elle écrasa l'organe entre ses doigts de lave et, en réponse, les flammes qui le dévoraient s'en prirent également au corps de Seth qui se mit se déformer et à se consumer, jusqu'à devenir une caricature de ce qu'il avait été.

Au moment de l'agonie, Seth découvrait la douleur et l'impuissance.

Chapitre XXI

Ladd menait la troupe à présent réduite comme peau de chagrin. Mis à part Aslin et Scipione, ne restaient que deux Égyptiens et autant d'Anglais. Les coups contre les gigantesques portes se firent plus distants, mais les créatures qui cherchaient toujours à entrer pour dévorer les profanateurs restèrent audibles un long moment. Autant dire que la peur, lourde et âcre, planait autour des hommes qui avaient vu pratiquement tous les leurs périr dans la journée.

Ils s'étaient enfoncés dans le temple, mais n'avaient pas croisé âme qui vive. Scipione n'aurait de toute façon pas donné cher de leurs peaux s'ils avaient dû une nouvelle fois repousser un assaut des adeptes de Seth.

Les murs épais, baignés dans la pénombre, l'oppressaient presque physiquement. Il avait l'impression d'être un pilleur de tombe qui s'enfonçait plus avant dans les tréfonds d'un temple hostile. Pourquoi se trouvait-il là ? Ce n'était certes pas pour Ladd. Il ne détestait pas l'Anglais, mais il avait eu maintes fois l'occasion de rompre son engagement. Peut-être pour empêcher le mal qui se libérerait si la légende disait vrai ? Si le surnaturel ne pouvait plus pleinement l'étonner, il restait toutefois réticent quant à l'idée que d'anciens dieux se trouvassent au cœur de cette machination qui tournait au désastre. Mais non, il n'était pas non plus venu pour sauver le monde.

Ladd fit un signe de la main, et la troupe s'arrêta. Scipione entendit alors des bruits sourds, similaires au son de canons, quoique moins forts. Étaient-ce des cris qui parvenaient à ses oreilles ? Les hommes se dirigèrent en direction du vacarme, avec la plus grande prudence.

Les sons les menèrent au centre du sanctuaire, devant une grande porte de pierre à deux battants ; elle était close. Ladd fit signe à un des Égyptiens, qui s'approcha et saisit l'une des lourdes poignées d'airain. L'homme poussa aussitôt un hurlement de pure agonie et retira précipitamment ses mains. Sa peau resta sur le métal avant de couler sur le sol, tandis qu'il regardait avec horreur ses paumes brûlées et fondues. L'homme hurla de nouveau et se mit à courir. Aslin s'écarta pour le laisser passer.

Scipione sursauta quand le coup de feu partit.

Le pauvre homme n'avait pas fait dix pas lorsqu'il s'effondra, une balle l'ayant atteint dans le dos. Ladd avait tiré sans montrer la moindre hésitation. Il considéra ceux qui l'accompagnaient toujours, calculateur, comme s'il cherchait qui serait le prochain à perdre son sang-froid.

Un long cri, terrifiant et féminin cette fois, se fit entendre de l'autre côté des lourds battants. Isulka ? L'Italien n'aurait su imaginer ce qui pouvait pousser une femme à hurler aussi fort, mais le souvenir des sphinx monstrueux demeurait suffisamment terrifiant dans son esprit pour qu'il se fît néanmoins une idée qui n'avait rien de réjouissante.

Le second Égyptien profita de la distraction générale et pointa son arme vers l'Anglais, peut-être par esprit de vengeance ou simplement par peur. L'espion se montra plus rapide cependant et, froidement, l'abattit. Le silence était retombé de l'autre côté.

Il rengaina son arme et fit signe aux deux soldats :

— Ouvrez les portes. Ne vous brûlez pas.

Les deux hommes posèrent leurs fusils et ôtèrent leurs vestes respectives qu'ils enroulèrent autour de leurs mains et avant-bras. Ils saisirent une poignée chacun et tirèrent de toutes leurs forces, contraignant la porte à lentement s'entrouvrir. Aussitôt, une chaleur vive saisit l'Italien au visage, accompagnée par une épaisse fumée noirâtre qui se concentra au niveau du plafond. L'un des soldats jeta son gant de fortune au sol, celui-ci ayant pris spontanément feu.

Malgré la fournaise, ils entrèrent.

Scipione s'était couvert le nez et la bouche d'un linge, ce qui ne l'empêchait pas de tousser. De noires volutes dansaient au plafond et dans la pièce, les asphyxiant peu à peu. Il sentait sa peau le brûler, pas suffisamment pour le faire se tordre de douleur, mais assez pour représenter plus qu'une simple gêne. Le sol n'était plus de sable mais de verre, dessinant des vagues cristallisées, figées par la chaleur.

Le premier corps que vit l'Italien semblait d'ébène, calciné au point qu'il n'aurait su dire s'il s'était agi d'un homme ou d'une femme. Ce qui avait fait de lui un individu n'était plus qu'un souvenir, un tas de charbon humain qui ne demandait qu'à s'effondrer.

Les deux derniers soldats pointèrent presque en même temps leurs armes sur une, ou plutôt deux silhouettes étendues sur le sol. Il s'approcha par instinct, la gorge étonnamment nouée : deux femmes reposaient, allongées dans les bras l'une de l'autre. Il reconnut la mageresse, habillée des restes d'une robe à présent en partie brûlée et recouverte de sang et autres fluides dont mieux valait ne pas chercher à identifier la nature. Elle était entière, vivante, consciente et elle tenait entre ses bras une femme plus jeune qu'elle, inconsciente, qui portait un moignon cautérisé au bout du bras droit. Son membre reposait sur le sol à quelques pas, et seul un miracle l'avait empêchée de se vider de tout son sang.

Devant les femmes gisait une forme autrement plus inquiétante qui rappela à Scipione les deux sphinx qui les attendaient au-dehors, mais celle-ci, au corps humain et à la tête animale, reposait, immobile, exposant des blessures profondes. Isulka vivait toujours et avait probablement terrassé un monstre similaire à ceux qui avaient massacré toute leur petite compagnie d'armes.

Ainsi, il n'était guère étonnant que tous les hommes pointassent leurs armes dans la direction de celle qu'Aslin avait décrite comme une mageresse, une sorcière qui maîtrisait le feu, si la chaleur omniprésente avait une quelconque valeur indicative.

Pour ne point déroger aux habitudes, ce fut une nouvelle fois Ladd qui engagea le dialogue :

— Madame Isulka, je suis heureux de vous voir en vie. J'aimerais autant que vous le restiez et, de ce fait, vous invite à ne pas faire de geste brusque.

Isulka leva des yeux fatigués vers l'Anglais. Elle ne paraissait pas aussi vive que lors de leurs dernières rencontres. Scipione se surprit à glisser le regard sur les jambes de la jeune femme et il remarqua qu'elle était peu vêtue. L'avait-on violée ?

Malgré un traumatisme visible, elle répondit, avec son piquant coutumier.

— Et voilà enfin la cavalerie qui surgit toujours après la bataille. Vous aiderez bien mon amie qui, *elle*, se trouvait présente lors du combat.

Ses mots relevaient peut-être de la bravade, mais la voix de la rousse tremblait légèrement. Scipione, qui comprenait relativement bien le langage des femmes, n'y perçut que de la détresse. Isulka n'était pas dupe ; elle savait qu'ils n'étaient venus que pour lui reprendre la bague.

— La bataille n'est pas finie, répondit Ladd. Je vois que vous portez encore le rubis. Je vous avais dit que vous aviez tout intérêt à me le rapporter, n'est-ce pas ?

— N'était-ce pas plutôt dans votre intérêt ?

— Cela n'a heureusement plus d'importance. Avez-vous eu une relation charnelle depuis que vous avez quitté Paris ?

— Je ne suis ni votre femme, ni votre fille, Ladd. Gardez vos questions déplacées pour les zouaves qui vous accompagnent.

— Avez-vous, reprit l'homme en cachant à peine son irritation, été pénétrée par le prêtre ?

— Si la question est de savoir si j'ai participé à l'apocalypse selon Seth, alors non. Isulka a sauvé le monde. Ça vous suffit ?

— Une fort bonne nouvelle. Maintenant, soyons sérieux, veuillez me remettre la bague et je vous ferai sortir d'ici, vous et… votre amie.

La jeune femme ôta, ou plutôt tenta d'ôter le bijou à plusieurs reprises, sans succès. Une fois n'était pas coutume, l'Anglais ne parvint pas à masquer son agacement, un sourire crispé dessiné sur ses lèvres.

— Dois-je vous couper la main ?

— Vous pensez que si j'avais pu me débarrasser de cette maudite bague, j'aurais attendu aussi longtemps ?

— Je vois. En tout état de cause et devant la postérité, je m'excuse pour la suite des événements. Messieurs, saisissez-vous d'elle.

Elle se recula d'instinct, mais elle n'était pas en condition de fuir, et les derniers soldats la saisirent par les bras pour la lever et la plaquer contre un mur.

— Qu'est-ce que vous voulez, Ladd ? cracha-t-elle.

— Ce que tout homme doté d'un tant soit peu d'ambition souhaite, Mademoiselle : du pouvoir. Si Seth n'a pu devenir roi, je prendrai sa place.

Ladd commença à ôter sa ceinture.

Comprenant ce qui allait se passer, en même temps que la mageresse qui se débattit sauvagement malgré un revolver à présent braqué sur sa tempe, Scipione pointa sa propre arme à feu sur l'espion. Ce dernier se tendit, sans pour autant sembler surpris.

— Aslin, occupez-vous de cette nuisance.

Scipione mit aussitôt l'Irlandais en joue de sa rapière, sans perdre de vue Ladd un seul instant. Aslin réagit à la vitesse de la foudre : il saisit la lame à même la main et asséna à Scipione un formidable coup de pied qui le projeta en arrière et lui fit franchir les lourdes portes, heureusement encore ouvertes, dos en avant. Malgré des années et des années d'expérience, le duelliste lâcha la poignée de son arme et se retrouva au sol, dans le couloir, une douleur saisissante au niveau du ventre. Il n'avait cependant pas perdu le revolver et visa l'embrasure de la porte.

Aslin sortit de la pièce, son arme à feu également braquée sur l'Italien. Il jeta la rapière un peu plus loin, dévoilant la paume de sa main à présent en sang. Les deux hommes se regardèrent, prêts à abattre l'autre au moindre mouvement.

— Je n'ai rien contre vous, Aslin, dit Scipione après avoir retrouvé un peu de souffle.

— Alors, rangez votre joujou et montrez-vous bon garçon. On aura encore besoin de vous une fois dehors.

— Vous laisseriez une femme se faire violer sous votre garde ?

Faisant écho à ses paroles, Isulka poussa un cri féroce de l'autre côté, bientôt suivi par un cri de douleur masculin. Elle n'allait pas se laisser faire, même si elle ne semblait pas vouloir – ou pouvoir – user de ses capacités à ce moment précis.

— Ça ne me regarde pas. Ça ne vous regarde pas. Je sais que vous croyez ressentir quelque chose pour elle, mais ne vous leurrez pas : elle n'est qu'une garce et une opportuniste. Elle ne mérite pas que vous mouriez pour elle.

— Et Ladd ne mérite pas que vous sacrifiiez votre honneur. Vous êtes un homme, pas un chien.

Scipione se leva, l'arme toujours à la main. Chaque instant perdu avait un coût terrible pour la jeune femme. Aslin avait raison, il ne lui devait rien, mais toute son âme se révulsait à l'idée de la savoir souillée par Ladd. À présent debout et droit, il jeta son revolver sur le sol, comptant sur le sens de l'honneur de l'Irlandais.

S'il avait mal jaugé l'homme, il mourrait.

Aslin sembla hésiter un court instant, mais au final abandonna également la raison et ôta le doigt de la détente avant de rengainer l'arme dans son holster.

Scipione n'attendit pas et se jeta tête baissée sur le colosse. Son épaule s'enfonça dans le ventre de la brute qui, surprise, se fit entraîner en arrière. Cela ne l'empêcha pas d'enfoncer son coude entre les omoplates de l'Italien, manquant de lui faire lâcher prise. Les deux hommes chutèrent dans la pièce qu'ils avaient quittée peu avant. Un autre coup dans le dos lui électrisa l'échine de douleur, mais il eut la présence d'esprit de rouler sur le côté avant qu'Aslin l'empoignât et lui brisât la nuque.

Il vit alors Isulka, sur le sol, maintenue par les deux hommes qui semblaient visiblement surpris de l'intrusion. La jeune femme profita de la diversion et mordit la main de l'un d'eux, avant de le poignarder à la gorge avec son propre couteau tel un animal furieux.

Ladd l'assomma d'un coup de crosse, et l'attention de Scipione fut à nouveau captée par l'Irlandais, lorsque celui-ci lui asséna une droite puissante qui fit résonner sa mâchoire sous la force du coup. Par réflexe, Scipione se protégea le visage des mains, avant de sentir le poing d'acier de son adversaire heurter avec fracas ses avant-bras. Son poignet passa à deux doigts de la fracture, mais il venait de sauver sa tempe.

Aslin répondit en lui percutant les côtes par deux fois, avant de le saisir par les épaules et de l'écraser contre le mur. La vue troublée, le corps dans le même état que s'il était passé sous les sabots d'une dizaine de chevaux, Scipione se décala, repoussant l'inéluctable de quelques courts instants. Il évita de justesse le genou de son adversaire qui, du coup, heurta violemment le mur. L'Irlandais poussa un juron sous la douleur et se recula, boitant très légèrement, avant de se remettre en garde.

Scipione se toucha l'épaule et se rendit compte qu'il saignait de nouveau, la force des coups ayant rouvert sa blessure hélas pas si vieille que cela. Aslin s'excusa, avant de s'élancer à nouveau vers son adversaire. Rapide comme un serpent et puissant comme un ours, il frappa le ventre de l'Italien et lui coupa le souffle, avant de le saisir par le col et de lui asséner un coup de tête dont peu d'hommes se seraient relevés.

Le spadassin tenta de repousser la brute, mais celle-ci lui saisit les doigts de ses phalanges de géant et, sans effort visible, tordit la main de Scipione qui ne put refréner un hurlement de douleur. Aslin plaqua dans le même mouvement l'homme contre le mur, le coude contre sa gorge, implacable.

Scipione, la main presque brisée, le corps en loques, la vision trouble, sentit la douleur peu à peu s'éloigner. C'était la fin. Il allait perdre connaissance. Isulka allait se faire violer et Ladd sortirait vainqueur.

Mû par le désespoir, sa main libre chercha la ceinture d'Aslin, avant de se poser sur la crosse de son revolver. L'Irlandais dut comprendre ce qui allait se passer, car, d'un coup, la pression au niveau de la gorge cessa, mais il ne se montra pas assez rapide. Scipione pressa la détente.

Les deux hommes s'observèrent, un très court instant. Aslin tomba en arrière, se tenant la jambe en sang tout en gémissant. Scipione se sentit glisser contre le mur, incapable de rester debout plus longtemps. Il tourna lentement la tête et aperçut le soldat, qui venait de saisir son fusil, paniqué, sous les cris de Ladd qui paraissaient distants désormais. Scipione se rendit compte qu'il tenait toujours en main l'arme d'Aslin et, mollement, la pointa vers l'homme. Il fit feu, manquant sa cible par deux fois avant d'enfin loger une balle dans le torse du soldat, alors même que celui-ci se préparait à son tour à tirer.

Il fit ensuite face à James Ladd, se rendant compte trop tard que l'Anglais était lui aussi armé.

Les deux hommes se regardèrent, en chiens de faïence.
Puis, ils ouvrirent le feu.

Chapitre XXII

Isulka revint lentement à elle, assaillie par une vague de souvenirs confus et violents. La sensation d'être étranglée, étouffée. Une main charnue contre sa cuisse. Le hurlement de son amie. Les entrailles de Seth. Le son d'un combat. Des larmes qui lui brûlaient les yeux. Des suppliques. Le souffle rauque de Ladd. De la chaleur. Le noir.

Le monde était redevenu calme, stable, mais son esprit se trouvait aux frontières du délire, emporté par ce tourbillon de sensations et refusant de se cramponner à la réalité. Elle força ses paupières lourdes à s'ouvrir, incapable de plus à cet instant précis. Une lumière vive lui heurta les rétines et lui vrilla le crâne. Elle tenta de bouger les mains, mais celles-ci ne répondirent pas. Il lui fallut un instant pour comprendre qu'elles étaient liées dans son dos. Son corps reconnut aussitôt le danger et ouvrir les yeux devint plus facile, tout comme se raccrocher à la réalité. La lumière provenait d'un feu rougeoyant, à quelques pas de son visage. Une voix virile et menaçante l'accueillit dans le monde des vivants :

— Si je sens ou même que j'imagine la température augmenter d'un seul degré, je te tue. Fais oui de la tête si on se comprend.

Elle répondit par l'affirmative, tant bien que mal, tout en se redressant lentement. Chaque muscle de son corps était engourdi et endolori. Son visage lui donnait l'impression d'avoir doublé de volume, et sa joue gauche était comme anesthésiée.

— Bien. C'aurait été dommage de te tuer après tout ce que j'ai fait pour toi.

Aslin. C'était Aslin qui parlait ; elle le reconnaissait à présent. Ou plutôt, elle se remémora son existence qui lui avait un instant échappé, dans la confusion ambiante. L'homme assis près du feu, le dos contre un des murs du sanctuaire, semblait dans un meilleur état qu'elle, mais pas de beaucoup. Un bandage d'appoint, tâché de rouge et de brun, lui enserrait la cuisse droite.

Toujours près du feu, reposait le corps inerte de Scipione, le faciès tuméfié et le torse bandé à la va-vite. Elle vit également Ankhfareh et son cœur se figea, un grand froid emplissant soudainement la pièce. La jeune fille avait perdu un bras et était pâle comme la mort. Isulka se releva, faisant glisser une couverture improvisée sur le sol :

— Détache-moi, Aslin.

L'homme l'étudia quelques secondes, avant d'hausser les épaules et de se lever. Il contourna le feu en boitant et vint se placer derrière elle. Elle se raidit, mal à l'aise d'avoir un homme dans son dos, aussi proche d'elle. Elle ne put s'empêcher de sursauter en sentant une main puissante contre ses poignets et dut ravaler un haut-le-cœur. Il se contenta de couper les liens de fortune et la laissa glisser loin de lui dès qu'elle le put.

Elle se précipita vers la jeune Égyptienne que l'homme de main avait recouverte de plusieurs couches d'uniformes ensanglantés. Bien que très pâle, elle respirait toujours, faiblement. Son front était brûlant.

— Un peu de magie ne serait pas de trop pour la sauver, dit Aslin. Sans ça, je ne vois pas comment elle pourrait survivre. Le premier hôpital se trouve à plusieurs jours de marche dans le désert.

La mageresse n'avait hélas rien d'une guérisseuse. Elle avait pensé à cautériser le moignon sanglant de son amie, mais elle n'avait rien pu faire d'autre.

— Que s'est-il passé ? demanda-t-elle à Aslin, sans le regarder.

— Ladd a rassemblé une petite armée au Caire, et nous sommes venus empêcher cette fichue secte d'atteindre son but sinistre. On a perdu presque tous les hommes dehors. Des statues se sont mis en tête que nous ferions un bon repas. D'ailleurs, elles nous attendent probablement. On t'a trouvée, avec ta copine au beau milieu de plusieurs cadavres calcinés. Ladd pensait que s'il te violait, il deviendrait roi. Scipione...

— Oui ?

— Scipione l'a tué.

— Avant ou après qu'il...

— Avant.

Un soupir de soulagement s'échappa de sa poitrine. Elle remercia l'homme, qui haussa juste les épaules :

— Réveillez-le. Votre petite amie n'a pas beaucoup de chances de tenir le coup, mais si nous ne partons pas sur-le-champ, elle n'en aura aucune.

Isulka n'avait jamais cru à la destinée, aux miracles et à ce qu'elle considérait depuis toujours comme des fadaises. Elle avait vaincu Seth grâce au sacrifice d'Ankhfareh et grâce à sa détermination, tout comme Ladd avait été terrassé non par un dieu, mais par un simple voleur sans foi ni loi soudainement paré d'une conscience retrouvée. De même, les sphinx monstrueux étaient redevenus de pierre, non pas parce qu'un panthéon en avait décidé ainsi, mais parce que la magie finissait toujours par se dissiper. Aussi puissants que les grands prêtres se prétendaient, ils restaient des hommes dont l'éclat s'était amoindri de génération en génération, tout comme leurs pouvoirs. Finalement, l'humain avait prévalu.

Toutefois, la mageresse ne s'expliquait pas la survie de son amie. La traversée du désert entre Râ-khaton et le Nil les avaient éprouvés à l'extrême, et mille fois elle aurait dû mourir, que ce fût par la chaleur accablante du jour, le froid piquant de la nuit, le manque de médicaments ou simplement la douleur. Rien de tout cela n'avait tué l'enfant, et Isulka n'avait aucune explication rationnelle, mis à part peut-être la foi et la détermination absolues de la fille d'un roi maudit.

Ainsi, malgré les épreuves, Ankhfareh respirait toujours, endormie, veillée. Ils avaient trouvé un médecin dans une petite ville sur le Nil, que l'état de la jeune fille avait également surpris.

Isulka l'observait, évitant de poser les yeux sur l'espace vide qu'aurait dû occuper un bras et une main. Elle ignorait ce qu'elle lui dirait à son réveil. Elle avait beau imaginer la conversation, il y avait trop de douleur et elle portait trop de culpabilité en elle pour espérer trouver les mots qui consolaient. Ankhfareh la détesterait. Peut-être pas à son réveil, peut-être pas dans la semaine ni dans le mois, mais elle en viendrait à haïr celle qui lui avait tout pris. Il ne pouvait en être autrement. Et elle le méritait amplement.

La mageresse se leva, une boule au ventre, et sortit, les yeux encore rougis par le manque de sommeil. Elle resta un long moment seule dans le couloir, le dos contre le mur, à se remémorer encore et encore les événements des derniers jours.

Elle sécha les larmes du plat de la main. Elle ne pouvait pas rester ainsi. Ce n'était pas dans sa nature.

Le soir tombé, elle se rendit dans la chambre voisine où Scipione se remettait de ses blessures. Elle n'avait pas vu le combat qu'Aslin et lui avaient mené, mais celui-ci avait été suffisamment violent pour casser deux côtes à l'Italien, lui déboîter l'épaule, lui rouvrir sa blessure de Paris et lui fracturer la pommette. Sans compter qu'il avait échappé à la mort d'un cheveu lorsque Ladd lui avait tiré dessus, dans une abracadabrante histoire qui aurait dû se dérouler au Far West.

Elle avait surtout du mal à croire qu'il avait subi ce supplice pour l'aider, elle, malgré une relation dont les fondements se basaient sur la tromperie et l'escroquerie. Elle ne savait pas quoi en penser et, comme à son habitude, dissimula sa reconnaissance sous une couche d'humour :

— Encore au lit après deux jours ?

— Si ça ne me faisait pas autant mal, j'essaierais de rire. Par politesse du moins, car vous n'êtes pas une grande comique.

— Avouez, Scipione, ce n'est que pour le plaisir de m'avoir à vos côtés que vous jouez les grands blessés.

— Ah, me voilà démasqué !

Il avait répondu en pince-sans-rire, mais elle savait à présent qu'il se trouvait un fond de vérité dans ses paroles. Certains hommes se montraient peut-être galants, mais ils se sacrifiaient rarement eux-mêmes sans arrière-pensée. L'attention restait flatteuse.

— Je ne vous ai pas remercié pour ce que vous avez fait. Je suis peut-être une garce, mais vous avez joué les héros pour moi. C'était idiot de votre part, mais, sans vous…

Elle s'assit sur son lit et ils échangèrent un long regard. Elle se pencha, lentement, ses cheveux cuivrés frôlant son visage mal rasé. Ses lèvres rencontrèrent les siennes et elle lui offrit un baiser chaud et savoureux.

Un baiser trop court, mais déjà à la limite de ce qu'elle pouvait supporter. Les événements étaient encore bien trop frais dans sa mémoire et elle se sentait bien incapable de lui offrir davantage.

Elle se détacha de lui et se leva. La main de l'Italien lui saisit le poignet et, de nouveau, ils se regardèrent, avant qu'il ne rompît le silence :

— Vous partez.

Il ne s'agissait pas d'une question.

— Je suis désolée.

— Non, vous ne l'êtes pas. Pourquoi maintenant ?

— Je voulais m'assurer de ce qui adviendrait d'Ankhfareh, mais je ne peux pas rester. Si elle me voit à son réveil, elle ne passera jamais à autre chose. Je resterai celle qui a tué son père et elle se considérera comme une traîtresse pour son peuple. Je ne peux pas lui faire ça.

— Elle a besoin de vous, Isulka. Elle n'a plus que vous, maintenant.

— Je ne suis pas un modèle ni quelqu'un de bien. J'ai brisé sa vie parce que je voulais une bague. Je ne sais pas si vous vous rendez compte à quel point nous avons été pathétiques. À quel point, *j'ai* été pathétique…

— Je n'ai pas que des regrets. Vous étiez adorable en serveuse de cabaret.

Elle répondit par un sourire triste. Elle appréciait l'effort, mais il ne la dissuaderait pas.

— Où comptez-vous aller ? demanda-t-il.

Elle y réfléchit un instant. Retourner à Paris s'avérait compliqué pour le moment, en tout cas en regard des dettes qu'elle y avait encore. Mais elle n'avait que peu d'autres destinations en tête et, en toute honnêteté, ne s'était pas vraiment posé la question.

— Et vous ?

— Malheureusement, je ne me suis pas autant enrichi que prévu dans l'aventure. Je devais retourner à Venise en héros, mais cela devra attendre.

— Paris donc ?

— Paris.

Un silence s'installa. Vint le temps des adieux. Elle lui sourit une dernière fois.

Il lui lâcha la main. Et elle partit.

— La mageresse s'enfuit dans la nuit.

Elle se retourna et aperçut Aslin, sur un banc, une bouteille de whisky à la main. Ils n'avaient pas reparlé de ce qui s'était passé, mais elle se souvenait qu'il avait lutté pour Ladd jusqu'au bout. S'il avait vaincu Scipione à ce moment, elle en aurait été la victime.

— Vous comptez me retenir ?

— J'ai pas réussi à te retenir quand on me payait pour le faire, alors maintenant que je n'ai plus d'employeur…

— Adieu, Aslin.

— Attends.

Il se leva, l'équilibre visiblement compromis par l'alcool et il se rapprocha, aidé d'une canne. Quelques passants du village les observèrent sans grand intérêt, sûrement déçus que les étrangers qui venaient d'arriver dans leur village fussent davantage des rustres que de mystérieux aventuriers.

Il arriva à son niveau, l'haleine empestant l'alcool.

— Isulka, je… Pour ce que ça vaut, je suis désolé d'avoir

aidé Sir James à réaliser ses sombres desseins. Il a jamais dit qu'il comptait te… Enfin, il en a jamais parlé. J'aurais dû intervenir.

— Il a essayé de me violer.

— Je sais. Je suis désolé.

— Je vois. Il est trop tôt pour que je pardonne et j'ai la rancune tenace.

— Je comprends.

— Pour commencer, donne-moi ton portefeuille, veux-tu ? Remonter le Nil me coûtera cher, et une femme a besoin d'argent pour vivre. Ensuite, le whisky, tu oublies jusqu'à ce qu'Ankhfareh retrouve la santé. Considère cela comme les premiers pas sur le long chemin de la rédemption.

Il ne la contredit pas.

Ainsi, elle s'évanouit dans la nuit, reine déchue et oubliée d'une contrée qui n'était pas la sienne, le cœur lourd, la mémoire douloureuse et une bague de rubis au doigt.

FIN

Remerciements

À Mélanie, la femme de ma vie, sans qui Isulka n'aurait jamais jailli hors du grand néant.
Ton soutien a été sans prix…

À Chantal et l'éducation prodiguée, dans les livres et dans l'occulte.
Et, plus prosaïquement, pour tes judicieuses corrections…

À Céline et à Nathy qui ont ouvert à une certaine mageresse un chemin vers les lecteurs.

À Devon, pour m'avoir prouvé qu'écrire un roman ne relevait pas de la science-fiction.

À Virginie pour son talent et à Anne pour son œil de lynx.

À Alexandre Dumas et Jack London pour m'avoir soufflé des rêves.

Et surtout à vous, lecteurs qui participez activement à cet acte démiurgique que sont l'art et l'écriture, en faisant perdurer l'histoire dans vos esprits, dans vos cœurs et qui partagez votre enthousiasme.

Du même auteur

Isulka la Mageresse 2 : La Pierre d'Isis
   Roman Victorian Fantasy
   Bientôt Disponible

Hex in the City Épisode 1 : L'Éventreur de San Francisco
   Série Littéraire Urban Fantasy
   Disponible en papier, ebook et audiobook

Hex in the City Épisode 2 : Die with Style
   Série Littéraire Urban Fantasy
   Bientôt disponible

Cancer Urbain
   Nouvelle Noir Dystopique
   En téléchargement libre sur le site de la maison

Retrouvez toutes nos parutions sur notre site Internet :
www.noirdabsinthe.com